看見屍體的男人

起源 上

시체를 보는 사나이
더 비기닝
I

空閑K
黃莞婷 譯

*本書中提及的地名、政府機關名等皆屬虛構，與現實無關。

目次

序章

一個孩子興高采烈地轉頭問：

「媽媽，那邊過去就是仁寺洞嗎？」

「對，沒錯，過了斑馬線再走一下下就到了。老公，快來。」

「我在走了啦，小哲，不要用跑的！」

「媽媽快來，爸爸也快點！」

孩子揮動小手，要爸媽快點跟上。

「喂，小朋友！等等。」

陌生人的出現讓孩子露出害怕的神情，孩子後退了幾步。

「媽媽！這個叔叔……。」

「你是哪位？」

「喔，沒什麼，我只是看到妳的孩子很可愛……。」

「小哲，過來。」

媽媽臉上滿是防備的神色呼喚著孩子，孩子立刻衝入她的懷抱。

「小朋友，不用害怕。妳是孩子的母親吧？」

「有什麼事？」

「啊，是這樣的，希望妳能在這裡等一下。」

「你在說什麼啊？老公！」

媽媽回頭喊身後的丈夫，孩子的爸爸急忙跑來，擋在妻兒面前。

「你是誰？你想幹嘛？」

「沒什麼，真的沒什麼，一下子就好了，請在這裡等一下再走吧，拜託。」

「什麼啊？到底在說什麼？怎麼有這種人。老婆，我們走，小哲，走吧。」

孩子的爸爸不悅地皺眉道。

「是啊，老公，這個人好奇怪，快走吧。」

「啊，太太，不是這樣的，請相信我，在這裡等一下……啊！快來這邊，小朋友，快來叔叔這邊。」

「你在做什麼？放開我的小孩！小哲，待在媽媽身邊。」

「你這是在做什麼？你再這樣，我要報警了！」

夫妻倆激動地說。

「不是那樣的，太太，拜託聽我的……啊！快過來這邊！快過來！」

軋——突然，響起了巨大的刺耳剎車聲！

一輛卡車衝向人行道地磚側面，失去平衡後又衝向了他們。

「快過來這邊！」

「天啊！」

「老公！」

「小哲！」

軋——！砰！

卡車撞上紅綠燈後，衝上人行道，緊接著撞上商店的外牆，勉強停了下來。

「現在沒事了，小朋友。」

「媽媽！嗚哇！」

「老婆！妳還好嗎？小哲呢？」

「嗯，老公，我沒事。」

孩子放聲大哭，跌跌撞撞地再次投入媽媽的懷抱。

「小哲，你沒事吧？媽媽在這裡，沒事了、沒事了。」

確認妻兒的情況後，男人驚訝又小心翼翼地向陌生人致謝：

「那個……謝謝。要不是你……」

「沒什麼。你們嚇壞了吧。這麼唐突真的很抱歉，我應該要解釋清楚的，但是……」

「不需要道歉。不管怎樣，真的很感謝你，要不是你，我們都會沒命的。」

媽媽緊緊抱住孩子，繼續說道：

「真的很謝謝你。不過，你怎麼知道卡車會往這邊衝？」

「啊……那是……因為那輛卡車看起來很古怪，啊哈哈。」

「原來如此。總之真的很謝謝你。小哲，快說謝謝。」

小孩離開媽媽的懷抱，禮貌地點頭道：

「謝謝叔叔。」

「不客氣。在馬路上不要跑，要小心慢慢走喔。那麼我先離開了。」

「真的很謝謝你。」

幸好救活了這家人，我吐出了長長一口氣。

我在不久之前，才曉得自己有著別人所沒有的能力。那是……某一天走在路上發生的事。

第1話

看見屍體的男人

有人倒在地上。是流浪漢嗎？我偶然經過路口，看見一個男人躺在地上，胸口流淌著紅色的液體。他遇到了什麼意外嗎？沒辦法確認那人是生是死，我不敢再靠更近。

我抓住一位路人，拜託對方確認那個人的生死，沒想到他卻上下打量我，說：「你瘋了嗎？是要我確認什麼？」還罵了句髒話直接走掉。我瞬間迷糊了，又抓住其他人問，但每個人都露出詫異不解的神情，彷彿什麼都沒看見。

恐懼襲來。寒毛直豎的我抓住每一個路人，請求他們幫助倒在路上的那個人，但他們全都用看到瘋子般的眼神打量我，袖手旁觀。眼看沒有人願意伸出援手，我只好拿起電話報警。

警察很快就到達現場。然而，警察先是環顧四周，問我傷者在哪裡，語氣平靜得像是什麼都沒看見。

到底怎麼回事？明明有個人躺在地上血流不止，為什麼都沒人看到？

真的要發瘋了。

我口沫橫飛地解釋了好一陣子，警察目不轉睛地盯著我，好像我是個精神失常的人似的。無論我再怎麼說明，警察始終露出不解的表情。我的思緒變得混亂。突然，我的頭傳來陣陣刺痛，眼前逐漸模糊。

接著……我什麼都不記得了。

等我從恍惚中睜開眼，發現自己身在空無一人的醫院急診室。我怎麼會在這裡？

啊，對了，我在路上昏倒了。我是和倒在地上的那個人一起被送醫的嗎？那個人還好嗎？該不會是場夢吧？不不，我確定真的發生過。

「那個……你醒了嗎？」

我眨了眨眼，聽到旁邊有人跟我搭話。是剛才接到報案後趕來的警察。看來是他送我到醫院的。

「先生，你還好嗎？」

「啊……對，我沒事，謝謝。」

「你還記得剛才的事吧？不能打那種惡作劇電話。先去警局吧。報假案是得寫報告的，請你和我一起過去。」

「惡作劇電話？報假案？」

「不會花很多時間。如果你沒事了，就和我一起去趟警局吧。」

「不，我沒有報假案，真的有人倒在地上流著血。那個人現在在哪裡？我們沒有一起被送來嗎？」

「你怎麼老說這種話。現場那裡沒有人受傷，現在我眼前也只有你一個人，你再這樣的話……我們先去局裡再談吧。」

「不是的，我親眼看見有人倒在地上，所以才報警的。是真的。」

「好的，好的，我了解了。先去局裡再說吧。我會聯絡你的父母，請他們來接你。」

「可是……。好吧……我知道了。」

我的腦中一片混亂，這到底怎麼回事？是我看走眼了嗎？

「先生！是往這邊。請不要動歪腦筋，跟著我走。」

我遵照警察的指示坐上警車，沒想到這輩子竟然有坐警車的一天……。我該去醫院做檢查嗎？不管怎樣，今日運勢好像是大凶。以防萬一，今天還是提高警覺，小心一點比較好。

過沒多久我們便到達警局。真奇怪，我好好一個守法的市民，踏進警局是在緊張什麼啦，我莫名害怕了起來。

「這邊請。」

「等一下，我可以去洗手間嗎？」

「沒問題，請去吧。那邊過去左手邊就是了。你的皮夾在這裡，請不要企圖逃跑，上完馬上回來。」

「不用擔心。」

我想去洗手間洗把臉，提振精神。我用洗手台的冷水連續潑了幾次臉，恍惚的精神好像清醒了點，但剛才看到的場景仍然歷歷在目，我失去了站立的力氣，出於無奈，我只好推開隔間門，打算坐著上廁所。

「啊啊！啊……。」

我撲通跌坐在地，發出慘叫聲。

我立即跑向洗手台，轉開水龍頭，把頭泡進冷水中。

「清醒點、清醒點！」

我喃喃自語，安撫七上八下的心情，吐了口長長的氣後，慢慢地走回剛才的廁所隔間。

「嚇！」

這次要衝出口的尖叫瞬間凝結。

有個穿著警服的男人吊在天花板上，顯然已經沒有呼吸。這不是幻覺，絕對不是幻覺。我不敢多看，直接衝出洗手間。

當務之急是找人過來，不管是誰都好。我在洗手間外放聲大叫，引來了一名男人。男人抓住我問發生了什麼事，我壓根不知道自己說了什麼，只知道那個男人一聽我說完，就慌張地衝進洗手間。而雙腿失去力氣的我一屁股跌坐在地。

這是怎麼回事？為什麼這種事會發生在我身上？

一天之內就看了兩次屍體，第一次看到的那個男人也死了嗎？這麼說來，我沒看走眼？洗手間裡的那個警察也……。

正當我陷入沉思，方才衝進洗手間的男人跑了出來，搖著我的肩膀問道：

「先生，你還好嗎？發生什麼事了嗎？」

「……。」

「洗手間出了什麼事嗎？你遇到搶劫了嗎？」

「什麼意思？你……沒看見嗎？」

「看見什麼？你看見了什麼？」

「什麼？又看不見嗎？」

「什麼東西又看不見？你沒事吧？」

「裡面……有警察在洗手間……上吊……。不對啊，你怎麼會在這……」

「你知道這裡是什麼地方嗎？是不是該去醫院看看？先生！」

對方不停地搖晃我的肩膀，好像把我當胡言亂語的瘋子。

「你剛才在洗手間……在洗手間裡……」

「組長，請過來這裡，這裡有位奇怪的先生。」

對方似乎是警察，用對講機叫來了他的組長。一陣嘈雜聲之中，我被聚集來走廊查看的人群包圍住。

現在站在我面前的這名警察，就是剛才在洗手間天花板上吊自殺的那個人。我奮力站起，衝回洗手間，站在剛才撞見屍體的廁所隔間前。

「這是怎麼回事……。」

明明是同一個人，但這個警察吊在這裡死了，外面那個人卻好端端地活著。死掉的人為什麼會活著？他們是雙胞胎嗎？到底怎麼一回事？

這時候，和上吊自殺的警察長得一模一樣，穿著便服的男人，和另一個男人走進洗手間。

「發生什麼事？」

「先生，請冷靜，好好說清楚。」

這到底怎麼回事？我這是在哪裡？

頭又開始痛起來，視線跟意識都逐漸模糊，啊……不可以……別又來了……。

「先生，你還好嗎？組長，他好像暈過去了。」

「李刑警！快背他去休息室。」

「是。」

我又暈倒了嗎？不知道為什麼，這次我能清楚地聽見其他人對話的聲音。為什麼我老是暈倒，其他人又為什麼看不到我看到的屍體？難道其實這是場夢，失去意識的我不過是在夢中徘徊？對，這是夢，是一場夢。嘖，我是被鬼壓床才做這種夢吧？得快點從夢中醒來……。

但是，縱使我使盡吃奶的力氣仍撐不起沉重的眼皮，身體也不聽使喚。

「組長，要叫救護車嗎？」

「不，等等。先生！醒醒。聽得到我說話嗎？」

警察抓住我的手臂用力搖晃，試圖喚醒我。我這才慢慢恢復意識，緩緩地睜開眼，模糊地看著眼前俯視著我的警察。

「啊！人好像醒了。李刑警，拿水來。」

「是，組長。」

「先生，你醒了嗎？」

「組長，怎麼了嗎？啊？這位先生又暈倒了嗎？」

「什麼？『又』是什麼意思？」

「這位先生剛從醫院出來，但又突然暈倒了……。先生，你不回醫院檢查沒關係嗎？」

我扶住額頭說：

「啊……我又暈過去了嗎？抱歉造成麻煩了，我很好，不用去醫院沒關係。」

「真的沒關係？」

「是的，我休息一下就好……。」

「幸虧沒大礙，等你稍微恢復，把事發經過報告書寫一寫就快回家休息吧。」

「水來了。」

我在洗手間見過的李刑警遞了水給我。

「謝謝。」

寒氣。一股直透心底的冷冽寒氣，我的意識瞬間清醒過來。遞水給我的李刑警真的是活人嗎？如果是，那我在洗手間看見的死者是誰？

思緒雜亂無序的我，茫然地跟著警察前去填寫報告。

「先生，請坐這裡。」

「啊，好的。」

「麻煩你在這裡寫，等監護人來接你就可以走了。以後絕對不能再這樣了，知道嗎？」

在我寫報告書的時候，警察再次強調沒人倒在路上，所以我也無法輕易說出我在洗手間看見的屍體。顯然，要是我說了，堅持自己沒看錯，他們一定又會認為我是精神錯亂，搞不好會被送進精神病院。

收到警察聯絡的老爸倉促地趕來。他沉默的視線透露著對我的失望，我想過向老爸解釋事情來龍去脈，但總覺得他會唸我公務員考試近在眼前，怎麼還搞一些五四三的鬧劇，結果也沒能說出口。

爺爺在老爸很小的時候就過世了，老爸上首爾後在不同的工地輾轉打拚，努力地賺錢，最後用賺來的錢在水原開了一家小吃店，養活我們全家。老爸覺得自己只能賺辛苦錢，是因為沒有一份像樣的工作，所以希望自己的孩子能從事穩定的職業。

我考公務員也是因為老爸希望的……不，是因為老爸的強迫。我從專科畢業，準備公職考試兩年之後便去當兵，退伍後在考試院住了三年，正在準備九級公務員考試。

「爸，吃頓飯再回去吧。」

「不用啦，我走了，明天一早還得開店。」

深夜，老爸走出警局便趕著回去水原，看著他走向公車站的背影，感到一陣莫名的心酸。我想送老爸去公車站卻被打回票，老爸說有那個時間送他，不如多讀一些書。最後，我獨自回到考試院。狹小擁擠的考試院房間，讓我連留他過夜的話都說不出口。

躺在床上的我反覆地回想今天發生的事。倒在路上的那個人滿身是血，他會死嗎？還是已經死了？還有我在警局洗手間看見的李刑警呢？他明明已經上吊身亡了，難道一切全是幻影？

李刑警好端端地活著站在我的面前，還對我說話、遞水給我。是我腦子有問題嗎？

「吼，不管了啦。」

任我怎麼想都想不出答案，頭痛欲裂……。今天先睡，明天再想吧。

嘟、嘟嚕嚕、嘟嚕嚕。嘟、嘟嚕嚕、嘟嚕嚕。

當我睡得正香，被突然響起的手機震動聲給吵醒。鬧鐘響了，看來天亮了吧。啊，原來一切都是夢，幸好只是夢。我按掉鬧鐘，立即打給老爸，想確認昨天的事不過是場夢。

「老爸！是我。」

「喔，現在才起床嗎？還不給我打起精神！時間不多了。」

「好，別擔心啦。」

「不要翹補習班的課，不要瞎搞，專心備考！知道嗎？」

「知道了，爸，我要去補習班了，先這樣。」

快速掛斷電話是對付嘮叨的上上策。

雖然想將發生的一切當成是場夢，但看來並非如此。

雖然電話打得遲了些，但至少確認老爸有平安到家就好。就在這時，我的肚子發出了「咕嚕咕嚕」的叫聲，這麼看來，我從昨晚就什麼都沒吃，竟然不覺得餓，看來昨天真的打擊太大了吧。

桌上那碗杯麵是我房裡唯一的食物，我把水瓶裡剩下的水全倒入快煮壺，打開電源。雖然算是吃了碗熱騰騰的麵，但並無法填飽肚子，隨便打發掉一頓後，到了該去補習班的時間了。

我拖著沉重的步伐到達了補習班，雙眼皮和第一堂行政法展開了決鬥。才剛起床沒多久的說……。但一想到要是這次又落榜就死定了，襲來的不安讓我一下子清醒。我以為眼睛才閉上一下而已，可是行政法課早在半夢半醒間結束了。

腦子空空如也，轉瞬間到了午餐時間。可能是早上只吃了一碗杯麵，飢腸轆轆的我連忙整理好書桌，走出教室。

當我走到補習班一樓大廳，忽然想來杯甜甜的三合一咖啡，於是走向大樓後面的戶外休息室，將硬幣投入自動販賣機，按下三合一咖啡的按鈕。機器響起「嗶」聲，紙杯「喀嗒」地掉了下來，接著是咖啡「咻」地落下。寧靜的環境使機器的聲音顯得更嘈雜。

我取出紙杯，立刻喝了一口。

「呼，就是這個味道。」

在我享用美味的咖啡，從容轉身之際——我從頭僵硬到腳，心臟彷彿停止跳動。這次，我連慘叫都沒能發出，整個人動彈不得。

我面前躺著一個剛才來時沒見到的女人，她眼睛凝視著天空，頭部流血，而地面濕了一片。難道這也是幻覺？我得報警才行，但萬一又是我看錯了呢？問題是她的確就在我的眼前……。

等等……我剛才沒聽見任何聲響，她是怎麼忽然出現在這的？而且是這種模樣？

這時候，我聽見人們走進休息室的聲音。

「來人啊，請幫幫我！」

我出聲求救，一名女子和我的兩位朋友急忙地向這邊跑來，但那名女子卻是如此眼熟。

呃呃！我眼前的畫面再次隨著頭痛變得模糊，神智逐漸變得不清。這個女人……沒錯，她就是倒在那裡的人……。

我當場暈倒，不過這次能聽見人們的聲音。

「先生，你沒事吧？」

「咦，是始甫？喂，始甫！南始甫！你還好吧？」

女子向朋友確認是否認識我，知道可以不用打119報警之後，對他們說：「那麼就麻煩你了」便離開休息室。

「喂，始甫，你醒醒！」

我這才慢慢地清醒過來，模糊的視線逐漸清晰，朋友們憂心忡忡的臉龐近在眼前。

幸好這次在被送急診室前先醒了。

「始甫，你還好嗎？」

「啊？喔……我沒事，謝謝。但那個女人……。」

「什麼？女人？你說剛才那個小姐？她走了。」

「等等，你沒看到……那個女人嗎？」

「女人？看到什麼？你真的沒事嗎？」

朋友擔心地關切我的狀況。

我又看到幻覺了？朋友們都沒看見躺在地上流血的女人。

「那個……民哲。」

「看來這小子腦子很清醒，還記得我叫什麼。」

「你認識剛才在這裡的女人嗎？」

「不認識。哲秀你咧？」

「我在教室注意了她一陣子，很正，哈哈。」

「你不知道她叫什麼嗎？她上的是哪堂課？」

「喂喂！一醒來就想找妹嗎？看來這小子沒事了。」

朋友們開著玩笑，但我無法加入朋友嬉鬧的行列，總不能放著躺在地上的女人不管。

「嗯……不記得了，好像在教室見過。」

「喂喂，我說很正就開始找人家了嗎？哈哈哈。」

「不是啦，臭小子！反正謝了。大家中午吃過了嗎？」

「嗯，我剛吃完回來。」

「這麼快？那我要去吃了。」

我拋下擔心的朋友，走出休息室時突然想到，如果倒在那裡的女人和昨天那位刑警一樣，現在都還活著，那我豈不是預見了未來？

她的身影在我腦海中揮之不去，食慾全消。她似乎是從樓上摔下來的，我抱著一絲希望跑上補習班頂樓，但那裡別說人了，連隻螞蟻都看不到。

不會吧？我來晚了嗎？我跑向欄杆俯瞰下方的休息室，發現她仍舊滿身是血地躺在那裡。在她四周有許多神色如常，或打鬧、或休息的學生。顯然沒人看見死去的她。除了我。

我看了看錶，過了十二點四十五分。難道她不是今天，而是改天才摔下去的嗎？另一天的同一時間從這裡摔下去？難道……不會吧。唉，才不會是那樣。我揮了揮手，阻止自己天馬行空的想像，但心中這揮之不去的不對勁感是什麼？

從那天之後，每天中午我都會上頂樓張望。她不見了，也沒有任何人死去。我雖無法理解這一切，仍暗自慶幸沒人出事。

整整一個禮拜的午餐時間，我食不下咽等著陌生的她。我開始覺得自己像個傻瓜，於是決定今天不再擔心她，放心享用午餐。

快到午餐時間時，老師說要趕韓國史進度得延遲下課。如此遺憾的消息，聽課的學生們不約而同地長嘆，同時我的肚子也傳來咕嚕咕嚕的報時聲。我看了看錶，時間正從十二點三十分奔向三十一分。

就在這時，後方「哐！」的巨響劃破了安靜的教室，所有學生把頭轉向聲音來源，接著又若無其事地，重新集中到課堂上。那是有人站起來，將椅子撞倒在地的聲音。

我看到一名女子匆忙跑出教室後門。

我又看了看錶。十二點三十三分。我想集中精力聽課卻什麼都聽不進去。

我在不知不覺間猛然站起，學生們聽見椅子拖曳聲，視線全集中看向我，但又很快地重新拉回課堂上。我衝出教室一口氣跑到頂樓，推開頂樓的門，不出所料，剛才那名女子正朝欄杆走去，我來不及多想就放聲大喊：

「喂！拜託不要尋死！」

「……。」

「停下來！不要再走了！不要再往前走了！」

她好像聽不到我的聲音，繼續朝頂樓欄杆走去，我看見她把一隻腳跨上了欄杆，連忙一個箭步衝上前，從後方用力環抱住她的腰，誰曉得用力過猛，我和她雙雙滾到地上。

當我睜眼一看，她就在我身下，是個容易讓人誤會的姿勢。不過，我死命抓住她的手臂，想讓她冷靜下來，問題是……。

「喂，臭小子！搞什麼鬼！你這個變態！還不給我起來？我要叫警察了！」

保全大叔不知何時也上來頂樓，甚至把我當成色狼，實在是有夠難堪。我支支吾吾，不知道該從何解釋起，只能呆看著保全大叔。

「臭小子，快給我下來！同學，妳沒事吧？妳應該要尖叫啊，要是我沒上來怎麼辦？」

「保全先生，不是那樣的。」

「你這傢伙！找死啊。我看你跟著這位女同學，覺得很怪才上來看看，結果……」

「保全先生，不是那樣的。喂，妳說句話吧！同學！」

「混帳，還想威脅人家女生？你給我走著瞧。」

保全大叔拿出手機，撥號道：

「喂？是警局吧？我抓到強姦現行犯，請快點過來。這裡是明振補習班的頂樓，快過來。」

「保全先生，真的不是那樣的！我說的是實話，我是好心阻止她自殺！」

「隨便你說，等警察來了再對質吧。同學，妳沒事吧？過來這邊，快過來。」

又是警局？再進警局，我等著被老爸打死吧。

「保全先生，真的不是那樣的。喂！拜託妳說話！妳幹嘛這樣整我？」

「……嗚嗚，嗚嗚嗚……。」

哭了？就在我懷疑耳朵的時候，她從嗚咽轉為放聲痛哭。保全大叔咒罵著我一邊安撫她。我越說，她哭得越慘。完蛋了啦，真是百口莫辯啊我。為什麼這種鳥事會發生在我身上？我可是為了救她一命狂奔到頂樓來耶。

我和保全大叔對峙的時候，她一言不發，就只是哭個不停。警察很快地趕來了現場，向我說明了米蘭達警告後，便將我上了銬。這段期間我連句話都插不上。

我坐上了警車，而警察攙扶著她，坐上後方的另一輛警車。

又要去警局了。

隔不到一個禮拜，我二度造訪警局，而且是戴著手銬。儘管不像第一次來時那麼緊張，但我也很擔心這樣下去會不會真的成為罪犯。我強忍委屈和氣惱，打起精神，得好好解釋情況才能消除誤會。

「咦？這傢伙怎麼回事？怎麼又來了？」

「組長，他是強姦未遂的現行犯。」

「什麼？強姦未遂？瘋了嗎！」

「補習班的保全報警，指認他在補習班頂樓試圖強姦女學生，當場逮住了他。」

「是嗎？崔刑警，把這傢伙帶去調查！」

「是，組長。」

我氣得漲紅了臉，吐出滿腹委屈道：

「組長！不是那樣的。什麼強姦未遂！我真的沒有，我……」

「喂，喂！吵死了，快帶走！」

「跟我來，看你一副老實樣竟做出這種事……。我叫你跟我走！」

警局的氣氛和電視上看到的一樣可怕，每個警察都一副臭臉，有一名警察和看似犯人的人相對而坐，大眼瞪小眼，互飆髒話。在周遭傳來的罵聲和殺氣騰騰的氣氛中，我溫順地走到崔刑警示意的位置坐下。

這個場面並不陌生。崔刑警像是戶口調查一樣，一口氣地追問了我姓名、身分證字號、地址等，進行身分確認後，又問起補習班頂樓發生的事情經過。

「你為什麼會上去頂樓？」

「那是因為……因為那個女同學自殺了……。不，她想跳樓，所以我才上去的。」

「你的意思是，你知道那位女學生會從頂樓跳下來才跟去的？她有跟你說她要自殺嗎？」

「不是那樣的……刑警先生，那個……我……就是說……我的話可能聽起來很奇怪，那位同學從頂樓摔下來……。不，我看她好像是從頂樓上摔下來的，所以才猜她是自殺的……。不，我看到她倒在補習班戶外休息室流血不止，所以……」

「喂！你到底在說什麼？那位女學生從頂樓摔下來了？你知道自己是強姦未遂才被抓來這裡的嗎？話怎麼講不通啊。」

我緩口氣才繼續說：

「我的意思是……。唉……你可能不相信，我自己也不相信，那位同學之前明明死在補習班的戶外休息室，不，準確來說是奄奄一息……。不，這樣說也不對……。總之，她出現在我面前，所以我……」

「什麼意思？她死而復生了嗎？」

「不是那樣的……。我知道你很難相信，因為我也不相信，但她真的死……。不，我知道她會死，所以我試著推測她也許是從頂樓摔下來的，我這禮拜才天天去頂樓等她……。」

崔刑警恍然大悟道：

「啊哈！所以你為了強姦人家，在頂樓等了一星期？原來你是個跟蹤狂啊？ＯＫ，非常好，那麼接下來……」

「跟蹤狂？不是那樣的，拜託請聽我說，我也覺得很扯。要不然你問她，她知道事情的來龍去脈，她現在在哪裡？讓我見她，好嗎？」

「聽說你在頂樓上也威脅了那名女性。我們已經將受害者安全地送至向日葵中心[*1]了！想聊？在這裡跟我聊，知道了嗎？我再問一次，你是在頂樓等了一個星期才對那名女學生下手的，對吧？」

「不是，我是為了救她才追上頂樓！」

「終於鬆口了啊，你追著她上了頂樓？OK。你在觀察一星期後，看到受害女學生上了頂樓就尾隨人家犯下罪行，對吧？」

「刑警先生！唉……你再這樣，我就什麼都不說了。」

「你要行使緘默權？好。要是我們取得受害女學生的證詞，你的刑罰就會被加重。非常好。那我們就聊到這吧。在這裡等著，少動歪腦筋。」

跟這個警察講不通，越說越離譜。也是啦，我自己也不搞不懂發生了什麼事，別人聽不懂我的解釋也很正常，只能等那位女同學快點解釋清楚。

「組長，這傢伙否認犯罪，而且滿口胡言亂語，說什麼女人死而復生。他得說點人話，我才好寫調查報告啊。」

「又來了嗎？他上次也是因為報假案被抓來，說了些奇怪的話……。他是不是精神不太正常？」

「啊，對耶，上次他也是這樣吧？沒錯。這次他聲稱為了救受害女性才跟上頂樓。要不要確認一下受害者的證詞，以防萬一？」

＊1：提供性侵或家暴受害者醫療與心理諮商的機構。

「要嗎？那你聯絡向日葵中心，跟他們確認一下吧，我想她應該做完陳述了。」

「好的，我打電話確認一下。」

這到底是什麼瞎事？我救人卻被誣陷成強姦犯，自從看見那些不是幻覺卻又只能稱之為幻覺的東西之後，便諸事不順。我是要怎麼解釋連我自己都不相信的事實，還希望別人能理解？要是她想隱瞞自殺的事，冤枉我是色狼的話⋯⋯。最好是啦，不會這樣吧⋯⋯我好歹是她的救命恩人⋯⋯。

一陣腳步聲傳來，我回頭看到組長正朝這裡走來。他知道上次的事，應該會相信我吧？但也很難說，說不定他會直接把我當成怪人。

「年輕人，你叫始甫吧？」

「是的，你還記得我的名字啊？」

「我不記得，是看了調查報告才知道的。」

「這樣啊⋯⋯。組長，我一直告訴那位刑警我是冤枉的，我只是想救那位女同學。」

「崔刑警說你講了些奇怪的話，你說那名女性死而復生了嗎？」

「不是的。那個⋯⋯你還記得我上次來這裡跟你說過的事嗎？」

「喔，你是說你報假案被抓來，卻堅持自己看到了有人流血倒在地上的事嗎？」

「是的，你說沒看到那個人，我不知道該怎麼辦，當時你也不相信我⋯⋯。」

「那你也得說些我能採信的話啊，那天我們接到報案趕去，別說沒有傷者，現場根本就沒半個人，不是嗎？」

「也是……。」

我必須證明自己看見的東西，我想了想後開口問：

「鷺梁津最近有沒有發生命案，或是有人報案發現死人呢？」

「是有一、兩件，難道你能知道死者的穿著打扮和案發位置嗎？怎麼回事？你能預知未來嗎？而且是看見之後會死的人？開什麼玩笑？」

「不是的，我也不清楚具體情況，但是……啊，我那時正要去漢堡王吃漢堡，我沿著鷺梁津路走，卻看到一個穿著藍色襯衫，胸口流血的人。」

閔組長眼珠子一轉，聲音透露出些許興奮：

「鷺梁津路嗎？藍色襯衫，胸口流血？等等……喂！金刑警！過來一下！」

我原先一直想不起自己那天為什麼會到那裡，目的地又是何處。然而不知怎地，那天的事瞬間浮現，清晰得宛如昨日。我是在去漢堡王吃晚餐的路上看見了屍體。

這命案已經發生了嗎？或是還沒？

「鷺梁津路前幾天不是發生了一起命案嗎？」

「是的，大約三天前吧？不，是兩天前。鷺梁津超商附近發生了命案，正在調查中。怎麼了嗎？你找到線索了嗎？」

「受害者當時身穿藍色襯衫？胸口被刺傷？」

「是的，心臟被刺了兩刀，你怎麼知道的……。不，你為什麼要問這個？」

「沒事……沒什麼，謝謝。」

閔組長歪著頭，似乎不敢相信金刑警的話。金刑警一回座位，閔組長就用微妙的眼神上下打量我，一副不可思議的表情。真希望他能說點什麼都好，但組長仍然沉默盯著我，就這樣盯了好一陣子。

「那個……組長，我看見的人真的死了嗎？真的死在我看到他的地方嗎？」

閔組長惡狠狠地盯著我。

「我也不相信這件事，但如果是真的……我也看到那位女同學死了。她會沒事的吧？她不會又想不開吧？組長！你說點什麼啊。」

「南始甫先生，你的意思是……你不是單純有看見死人的能力，而是能預知哪裡會有人死，還有死者的死法……。不！這太不合理了。這只是單純的巧合吧，怎麼可能有這種事？你有預知能力？」

「我不知道那是不是預知能力，我只是照實說出看見的東西而已，我總覺得會出事，才好巧不巧地救了她！我到底哪裡做錯了？」

閔組長吐出長長一口氣道：

「不是說你做錯了，只是很難相信會有這種事，現在是科技進步的二十一世紀，相信這種事的人才奇怪，不是嗎？」

「對，我當然明白，所以我也覺得自己快瘋了，我不知道怎麼解釋，只能請你相信我，我真的是冤枉到想撞牆。」

「你……還看過別的嗎？除了那位小姐，還看過其他屍體嗎？」

「啊，我上次被抓來這裡的那天，因為頭痛去了洗手間……。對了！那天你也在場……。」

「誰？你看見誰了？」

我猶豫片刻，小心翼翼地開口：

「組長……是不是有一位李刑警……？」

「什麼？李刑警？你認識李延佑警衛[*2]嗎？」

「不認識，是那天在洗手間裡……。」

「洗手間？洗手間的話，難道……」

閔組長和我同時開口：「上吊……。」

「你怎麼知道？」

「我才要問你怎麼知道的？那天你看見了嗎？」

「什麼？難道……他死了嗎？」

「嗯……昨天凌晨發現的，還在調查中……。」

「啊……。」

「現在還沒對外公開，請保密，還不確定是他殺還是自殺。」

＊2：韓國警銜。職位有巡察隊長、派出所長、警察署股長、警察廳・地方警察廳的主要工作者。

「好的，請放心。」

閔組長改變坐姿，看著我的眼睛說：

「所以你是在報假案那天看到的吧？請仔細說明是什麼情況。」

「那個……其實我不敢回想那天的事，我很害怕，畢竟是第一次看見上吊自殺的人……。」

「啊，我可以理解，抱歉。我每次看到命案現場也都會感到精神疲憊，普通人應該更難接受吧，一不小心還會有精神創傷，如果覺得太辛苦，不說也沒關係。我一心想找到破案線索才問的……。是我想得不夠周全。」

「啊……我不清楚原因，但只要我試圖想起看到的畫面，頭就會痛到不行，視線也會變得模糊，有時還會暈倒，就像上次一樣……。對不起。」

「原來如此，好的，沒關係，要是你不介意，以後能幫忙一下嗎？」

「是的，當然了，謝謝你的諒解。那我會怎樣呢？我真的不是那種人，我只是想救她，才摟著她的腰，姿勢不小心就變成那樣了。請相信我。」

閔組長點點頭。他雖然無法理解我看見了什麼，但好像相信我說的話。

「是啊，如果事情如你所說，那位女學生會替你解開誤會的，我們再等等看吧。」

「謝謝組長，非常感謝你相信我，等我以後狀態好一點，我一定會協助警方調查李警衛的死因。我是認真的。」

「謝謝。」

幸好天底下還有個人相信我，現在只要那位同學如實還原真相，誤會就能解開了。

沒人看得到的屍體，只有我看得見，而且是將死之人的屍體……。為什麼這種事突然發生在我身上？為什麼只有我看得見這種超自然現象？到底原因為何？

我反覆思考並焦急等待，這時崔刑警走了過來，對閔組長說：

「組長，事情麻煩了。」

「怎麼回事？」

「聽說受害者一句話都不說，怎麼辦？這小子否認犯罪，受害者卻不說話。」

「崔刑警，什麼叫『那小子』？要稱呼他名字才對，還沒有證據能證明他就是犯人，怎麼可以這麼沒禮貌？」

「什麼？剛才你也……」

「我怎樣？」

「啊，沒事，我會注意的。組長，你聽了南始甫的證詞了嗎？你聽得懂他在說什麼嗎？我真的聽不懂……。那也太扯了吧？」

「沒錯，很扯，但這世界扯的事情可多了。我們費盡九牛二虎之力逮到了犯人，只要對方有錢有勢，拘留所待幾天就出去了，這不扯嗎？」

「組長怎麼突然說這些？這兩件事不能相提並論……。」

「夠了，我知道你想說什麼。不要光會打電話給向日葵中心，親自去確認怎麼回事，確認完打給我，明白沒？」

崔刑警一臉茫然：

「我親自過去？」

「對。」

「不是吧，組長……這種事打電話就能確認了，你不是也知道嗎？因為凌晨……那起案件，我們現在人手不足。」

「崔刑警你搞什麼？人手不足又不是一、兩天的事了，要把精力耗在這件事上多久？速戰速決，才能專心解決凌晨的事。」

「我懂你的意思，但現在檢方已經在內部調查了，我們能插手嗎？」

「嘖！崔刑警，你怎麼變得這麼多嘴？快去確認，把事情處理好。」

「……好的，知道了，我現在過去。」

崔刑警皺眉看了我一眼，不情不願地轉身離去，嘴中嘟噥著一些我聽不清楚，但大概能知道是發洩不滿的氣話。我突然對閔組長升起感激之情，想要做點什麼報答他，於是努力回想關於李警衛的事，只是光想頭便又痛了起來。不知為何，我想不起那天的記憶，只模糊地記得李警衛吊在……。呃啊！頭痛得像要裂開了。

我和李警衛、穿藍襯衫的男人，還有補習班頂樓的女學生，全都素昧平生，為什麼偏偏讓我看到他們？而且還是他們的屍體……。

不知不覺間天色暗了下來，肚子發出咕嚕咕嚕的信號，正當我以為今天晚餐沒著落了，閔組長冷不防搭話問：

「始甫！你要吃雪濃湯[*3]還是炸醬麵？」

「什麼？啊……但是我忘了帶皮夾。」

「哈哈，別擔心，想吃什麼？」

「那我就吃雪濃湯吧。」

閔組長正打算點外賣時，不知何處響起了電話鈴聲，他急忙跑到座位上拿起話筒。

「喂？崔刑警！是嗎？知道了。你吃晚飯了沒？那就在那裡吃完再帶回來，好，辛苦了。」

閔組長掛斷電話，滿臉笑意地走了過來：

「始甫啊，有好消息啦，你可以放心地等著吃雪濃湯了。」

「好消息？是那位同學……」

「是的，崔刑警一告訴她你是大學生，她就願意開口了，說想向你道謝。我叫他們吃完晚飯再過來，沒問題吧？」

＊3：又譯為先農湯，即牛腿骨熬成的湯。

「是的，既然誤會解開了，當然沒問題，還能吃免費的晚餐呢，真好，哈哈哈。」

「哈哈，是啊，那我們邊『嗑』雪濃湯邊等吧。」

「『嗑』雪濃湯嗎？哈哈哈。」

「哈哈哈。」

我見閔組長哈哈大笑，也陪著哈哈笑，不過還是覺得委屈和不悅，要是那位女學生在頂樓時願意說句話，我哪還需要來這裡……。不過，既然她想要親自道謝，應該也不是壞人吧。

是啊，就當成「日行一善」吧，沒錯，南始甫！你今天可是做了好事呢！……好個屁。考試剩沒幾天，老被捲入這種事裡，老天是在耍我喔！

自從目睹奇怪的場面後，我的自言自語也變多了。

「南始甫先生！南始甫先生！」

「啊！嚇我一跳！」

「你在想什麼？我叫了你好幾次，都沒聽到？」

「喔，對不起，我在想別的事情……。」

「雪濃湯送來了，過來坐在沙發上舒服地吃吧。」

「好的，謝謝。」

「雖然看起來不怎樣，但這家可是開了七十年的老店，味道有保證。好好吃一頓，別太在意今天的事，知道嗎？快吃吧，始甫。」

「啊，湯頭真的很讚！」

「哈哈！是吧，我說得沒錯吧？」

不知道是因為七十年的老店，還是因為肚子太餓，我一口接一口停不下來，真想趕快吃完，趕快回家。金窩銀窩都不如我的豬窩好，考試院的狹小房間也比這裡舒適百倍，我真的超想回家。到底為什麼要等那個女學生呢？

「不好意思，組長。」

「怎麼了？」

「能不能請你轉告那位同學我沒事，我吃完雪濃湯就先走呢？」

「咦？那不行，要等那位女學生來了，寫完報告才能走。」

「又是報告？我一定要在場嗎？」

「因為是自殺未遂事件，你必須當證人，說明當時的情況。很抱歉，吃完飯再等一下吧，等那位女學生來了，確認幾件事就讓你走，可以吧？」

「既然你都這麼說了……。」

「那就好。因為那位女學生沒解釋清楚我才留你的。你說你沒有做壞事，她卻說她不記得自己為什麼上了頂樓。你懂我的意思吧？」

「啊……明白。」

真是個怪女人，連自己為什麼上頂樓都不知道？是憂鬱症患者嗎？想日行一善卻換來一整天的頭痛。

起碼她有說我不是壞人，我應該心存感激嗎？今天真是夠折騰人的。

「組長！我們來了。」

「好，辛苦了。這位就是那位大學生嗎？」

「是的，組長，她叫姜素曇，是民國大學的學生。」

「好，請坐。」

崔刑警指著我說：

「姜素曇同學，這位是救了妳的南始甫先生，問候一下吧。」

「……。」

「妳好。」

她不說話，我只好先開口打招呼，但她連看都不看我一眼。

「請你諒解，她現在還處於不安狀態。」

我不情願地拉起嘴角，微微點頭。

「素曇同學！如果妳不介意，方便問幾個問題嗎？」

「……對……不起……。還有……謝謝。」

「啊，不不，不用客氣。」

看她說話的模樣，似乎狀態不太正常。

「沒事的，姜素曇同學，妳為什麼要上去頂樓呢？」

「……對不起……對不起……那時候我……嗚嗚。」

「姜素曇同學，請冷靜。這樣不行，妳回答『是』或『不是』就好了，知道嗎？」

「嗚嗚……好的。」

「妳到頂樓是要尋短嗎？」

「是的，那個……」

「好的，所以是南始甫先生救了妳，對嗎？」

「……是的。」

「好的，南始甫先生，請說明一下你在頂樓看到的情況。」

「我到了頂樓，看到這位同學朝欄杆方向走去，我大聲勸阻她，她好像沒聽見，還把右腳跨上了欄杆，所以我才抱住她的腰，把她拉回來，誰想到事情就變這樣了……。」

「好的，姜素曇同學，南始甫先生說的是真的嗎？」

「我不知道是誰從背後抓住我……。」

「好的，這樣就夠了，那麼報告會寫上姜素曇同學自殺未遂，組長！聽到了吧？」

「好，辛苦了。替姜素曇同學預約自殺防治中心。姜素曇同學，我想妳去醫院或自殺防治中心諮商一下比較好，崔刑警會告訴妳中心的聯絡方式，妳打電話問一下吧，或是去醫院接受專業諮商。我在想妳可能是憂鬱症……。我也不敢斷言，妳一定要去醫院接受心理諮商，知道嗎？」

「……好的，謝謝。」

我觀察情況後問閔組長：

「組長，就這樣嗎？你們最好還是送她去醫院檢查吧。」

「能那樣做當然更好，但這不是我們能強迫的，我們可以幫忙聯絡自殺防治中心，但不能強制人接受檢查。」

「原來如此……。」

「妳是大學生嗎？年紀輕輕，別再想不開了，一定要去醫院或我們介紹的中心接受諮商。聽說妳父母都不在了……。沒有能聯絡的監護人嗎？或是親戚？朋友？」

「……。」

「糟了，得請監護人來接，但父母不在了，也沒有能聯絡的親朋好友。」

「那個，我可以當監護人嗎？」

「真的嗎？沒關係嗎？」

「是的，我們是同一家補習班的學生，讓我當她的監護人吧，我該做什麼？」

「姜素曇同學不是未成年，由你來當監護人是也沒關係，不過畢竟是自殺未遂……。如果你覺得有壓力，不當也沒關係。」

「不會，讓我當她的監護人吧。」

我在報告和監護人交接文件上簽名後，和她一起走出警局，不知不覺間，已經晚上九點了。儘管我不清楚她有什麼苦衷，但竟然突發奇想，自願當她的監護人。難道我喜歡這個女孩？才不是……她的確很漂亮，但不僅僅是因為這樣，我是擔心若讓她獨自回去，會不會又做出什麼傻事。

雖然不清楚她輕生的背後原因，但她好像也是最近才變成孤身一人，獨自住在小套房。她看起來淒涼又悲傷，而那份悲傷也遮掩不了她美麗的臉龐。其實，她的外貌也是我自告奮勇當監護人的原因之一。

不知道怎麼回事，看著她，我的心情就很平靜，精神清醒無比，甚至連瘋狂怦怦跳的心臟都好像在告訴我：「你得保護這個女人，你必須那麼做。」

眼睛、大腦和心臟一直發出這樣的信號，而我不過是對此做出反應。

我們沉默地走在路上，要和只看著地面走路的她搭話難度太高，氣氛又尷尬。我和她一路走到了公車站，雖然沒說要送她回家，卻糊里糊塗地跟著她上了公車，才想起自己沒帶皮夾。第一次見面就得欠人家公車錢。該說幸虧如此嗎？這讓我有機會坐在她身邊，起碼兩人的距離拉近了點。

我說了好幾次送她回家，她也推辭了好幾次，為了打破尷尬的氣氛，我開了各種無厘頭的玩笑，她才露出羞澀的笑容，向我道謝。

在我煩惱「還要說什麼才好呢」的時候，她打破了沉默，小心翼翼地說起自己到頂樓尋死的緣由。

由於母親早逝，她是由奶奶帶大的。奶奶在她高中時過世，她和當計程車司機的父親相依為命。她升上大三那年休了學，一邊打工一邊備考七級行政公務員。過去兩年考試都不及格，她打算復學，無奈家中環境不好，付不出學費，本來打算多打一份工賺學費，偏偏那時父親被醉漢打到住院。雪上加霜的是，沒逮到那名醉漢，得由受害者自行承擔醫藥費，她不得不搬出先前住的房子，將房子的保證金拿去付醫藥費。可惜，她父親最後沒能度過難關，撒手人寰。而這不過是前不久才發生的事。

為了逮到施暴的醉漢，打從父親住院她就時常去警局請求幫助，但負責的警察只說「沒有證據，很難抓人」。她不放棄，要求繼續調查，但孤立無援的她最後只得到警方的草草結案。

在那之後，她決心要成為一名警察，開始準備警察公務員考試，然而，父親葬禮結束的隔天，無法走出喪父打擊的她吞下安眠藥，爬上了欄杆。

素曇淡淡地說出自己的故事，公車不知不覺地過了終點站折返，開上了來時路。她說完了故事，抬頭望向窗外不發一語。過了好一陣子，她小聲說到站了，並從座位上起身。

我們下了公車，默默地走在路上。她帶頭走在前，我緊跟在後，走了好一陣子到了一棟低矮的建築物前，她回頭對我說：

「那個……謝謝你，我家到了。」

「啊！好的。」

「回去路上小心。」

「我看妳進去再走。」

「不用了，很晚了，你快走吧。不好意思造成你諸多困擾，真的很抱歉。」

「啊，不會，我沒關係。」

「那麼……慢走，我先進去了。」

「好的，晚安。」

看著她轉身的背影，我猶豫片刻後開口：

「那個……。」

因為擔心她，想要問聯絡方式卻開不了口。

「啊！請等等。這些你拿去，搭計程車回去吧。」

她好像覺得我支吾是因為沒交通費，倉促地遞出一萬韓元。

「啊，不是這樣的。」

「那是……？」

「我有些擔心……能跟妳留個電話嗎……？」

「電話……號碼嗎？」

「是的，以防萬一……。不不，我還得還錢，知道聯絡方式才能還妳錢，哈哈。」

「啊，不還也沒關係的……。給我你的手機，我輸入我的號碼吧。」

我確實擔心她又想不開，但更大的原因是想再見到她。

她住的套房和我住的考試院，以補習班為中心，正好是反方向，我們從各自的住處走到補習班的時間也差不多，約莫距離三、四個公車站吧。但走回去不成問題。

我看著她走進大樓裡才離開，走不到幾步，又回頭看看大樓。三樓樓梯間的燈光忽明忽滅，直到看見三樓的窗戶亮起，我才放心地邁開腳步。

我意識到自己不知不覺地哼起了歌，瞬間驚慌地停下腳步，接著我重新邁開步伐，放聲哼歌。從下午到晚上，真是吃盡苦頭的一天，奇怪的是，回家的步伐卻無比輕快。她在公車上露出的微笑不停在我腦海中盤旋。

我任由自己暫時沉浸在她的微笑中，回想起最近身上發生的事。我看見的超自然現象都發生了。有兩具屍體被發現，萬幸的是，她還活著。

她真的平安無事嗎？我發了平安到家與道晚安的訊息，但她沒回。我平白無故地焦躁了起來。該回去看看嗎？我苦惱地停下了腳步，理智告訴我不行，眼睛卻離不開手機。

我再也等不下去，正想回頭確認她的安危時，訊息通知聲「叮咚」響起。她對我道了謝也道了晚安，內容正經八百又簡明扼要。放心之餘，竟也有股失落感。失落？為什麼會失落？

我移動腳步，反覆咀嚼著這份心情。

第2話
前塵往事

一道晨光從小小的縫隙中照進房間，我睜開了眼。人生第一次神清氣爽地起床，已經很久沒靠鬧鐘就這麼早起了。

我一起床就確認手機，時間是上午五點五十二分，抱著一絲希望……果然沒收到任何訊息。我想先發簡訊給素曇，但因為時間太早而作罷。真是全新又陌生的一天。從來沒有過這樣的日子，我不知道該做什麼好，只是睜著眼躺在床上，要不要好好地準備一頓早餐呢？好麻煩。難得早起，要不要讀書？我想了想，還是覺得麻煩，放空地眨著眼。

昨天她怎麼能用那麼輕描淡寫的語氣，說著自己的故事？喪父之痛，在她口中卻彷彿是別人家的事，這讓我吃驚。我能平淡地傾聽，或許也是因為她的態度吧。

如實地聽著她令人惋惜的經歷和傷痛，讓我心如刀割。獨自承受一切的她壓力該有多大？盡了一切努力，事情卻不見好轉，她該有多生氣、多疲憊？

和素曇相比，我的家庭環境小康，不愁吃穿，也不愁學費，入伍和退伍時我曾發誓要孝順父母……那份孝心不知不覺間煙消雲散，只留下仍不懂事的自己，我感到既慚愧又失望。

軍隊……啊！那時候在軍中看到的……。我為什麼現在才想起那件事？這麼說來，難道那時候並不是我看走眼？

我服役於水原空軍機場憲兵大隊第三隊，當天我和二兵李亨振一起站夜哨。事情發生在我們從警備哨所交班後歸隊的路上。

哨站位於空軍機場外圍，而哨站與哨站間有一大段距離，夜晚天色昏暗，幾乎伸手不見五指，通常士兵會搭車移動到哨站附近，最後一段路得下車步行才能到達。我還是新兵時，每次的夜間站崗，都擺脫不掉對黑暗的恐懼，直到升上上兵後，才習慣了那片黑暗。話雖如此，每當聽見陌生聲響或動靜時，心臟依舊會狂跳。所幸我和學弟一塊執勤的時候，學弟的玩笑話總能讓我暫時忘記恐懼。

還記得那是個令人不寒而慄的日子。

我們在哨站交班給下一組值班兄弟後，快步走向等車處。當時，我聽見一個沒聽過的聲音，還看見了一些異樣動靜。我被那短暫的奇異情景嚇到停下快速行走的步伐，一把抓住李亨振二兵的手臂，他被我的突然的舉動嚇到，也跟著停下來。

「南上兵，你怎麼了？」

「等等，安靜。」

「什麼？有什麼事嗎？」

「我覺得有東西在動。」

「哪裡？」

「那邊……。」

李二兵目光掃過我指的方向，說道：

「南上兵，交班車在等了，快走吧。」

「你沒聽到聲音嗎？」

「什麼聲音？」

「你先在這裡等。」

「南上兵，你要去哪裡？」

我留下李二兵，走了約十步，進入了草叢。黑暗的山坡上分明有東西被籠罩著，隨著風吹隱約搖擺的形體，我的視線慢慢對焦，那個形體變得清晰的瞬間，我向後跌坐在地，放聲尖叫。李二兵被我短促的慘叫聲嚇到，匆忙跑來查看。

「南上兵！你還好嗎？到底是什麼？是誰？站住！栗谷！栗谷！[*4]」

「……。」

「南上兵，這裡沒東西，你到底看到了什麼？」

「李二兵，那邊……你沒看到嗎？在那邊晃來晃去！」

「哪邊？你說哪邊？」

「那上面……我說那上面！有人掛在上面……。」

「你說……人嗎？」

李二兵仔細觀察樹木後，緊繃的語氣緩和了，說道：

「南上兵！不要開玩笑，唉呦，那是樹枝在晃啦。你太誇張了，嚇死我了。」

「什麼？不是……那邊……。」

「快去搭交班車吧，拖太久搞不好會被誤會。」

「等等，你沒看到嗎？」

「唉呦，南上兵！別說了，快走吧。」

李二兵皺著眉，抓住我的手臂拉我站起來，又挽著我的手，幾乎是用拖的將我帶離。要是耽誤換班時間，交班的士兵可能會認為出了問題，我不得不跟著李二兵快速離去。

那個形體明明是人的模樣，但李二兵靠近看後說是樹枝，我也只能相信他。其實我也的確很害怕，於是當作自己看錯了，便就此放下心來。

我們搭上了交班車，李二兵對其他學長們抱怨我想捉弄他，也多虧了李二兵，整件事就以我開玩笑嚇唬他收場。

在我差不多要忘記那天的事時，偶然聽見姜中士抽著菸，與金下士的奇怪對話。不過，當時的我並未當一回事，也就沒放在心上。

「姜中士，那是真的嗎？」

＊4：部隊名。

「不知道啦！不要問我。」

「幹嘛這樣，姜中士，我也聽到了一些風聲。」

「金下士！說話小心。我是好心才警告你，你到處說這種話會惹禍上身，好自為之。」

「是！謝謝中士。」

「現在內部正在低調處理，不要沒事打聽八卦。你只要知道憲兵大隊為了那件事鬧得人仰馬翻就夠了，不要四處提，知道嗎？」

「是，我知道了！不過，是他殺嗎？」

「嘖，夠了喔你，才叫你不要八卦，收起好奇心，去準備點名！」

「是，我這就去。必勝！*5」

偶然聽見那段對話時，我雖然短暫想了想「發生什麼事嗎？」因為正在忙其他事，沒留下特別深刻的印象，如今回想起來，當時我看到的或許也是屍體的幻影。

嘟、嘟嚕嚕、嘟嚕嚕。嘟、嘟嚕嚕、嘟嚕嚕。

「啊！嚇我一跳。」

鬧鐘響了。回想著軍隊時期發生的事，時間一下子流逝，該打起精神了。大概是想起令人害怕的記憶，我渾身出汗、黏答答的，去公共浴室沖了澡回來後，不知道從哪裡傳來一股香味。我聽著自己肚子傳出咕嚕嚕的聲響，走到超商買了上次看到的便當，微波加熱。光聞到香氣就垂涎三尺，我按耐不住，飛快塞了塊鴨肉到嘴裡，突然間擔心起素曇。

素曇吃早餐了嗎？她會不會還在難過呢？

我摸了摸手機，本來想打給她，不過一早打電話好像不禮貌，先把飯吃完吧，夾起鴨肉又放了下來。啊，對啦，我就是很在意她，哪還吃得下飯。一大早又怎樣，打電話問候一下吧。

我從手機通訊錄中找出她的電話號碼，按下通話鍵。在短暫的鈴聲後，手機另一端傳來了她的聲音：

「喂？」

「喔，妳好。」

「……。」

「睡得好嗎？」

「……很好。」

「那個……妳吃早餐了嗎？」

「……還沒。」

＊5：軍隊口號。

「啊，這樣子啊……。」

對話中斷，尷尬的中場沉默。

「嗯……妳今天會來補習班嗎？」

「……不會，今天沒課。」

「喔，這樣啊，我也沒有。」

「……。」

「要一起吃午餐嗎？」

「什麼？午餐嗎……？」

「不方便嗎？」

「沒有，不是那樣……我在打工，吃午餐的時間不太一樣。」

「啊……那晚餐方便嗎？」

「抱歉，打工很晚才結束……。不過，有什麼事嗎？」

我一時答不出話，的確沒什麼事，但我得說點什麼。

「那個……我想請妳吃飯抵我欠的錢。」

「真的沒關係……。」

「可是我有關係，有哪天方便嗎？」

「那今晚請我喝酒吧。」

我張大了嘴呆住，活像丟了三魂七魄，慢半拍才回答：

「什麼？好、好啊，那我們約在哪裡好呢？」

「我再傳地點給你。」

「啊！好，我知道了。那晚點見。」

嗚哇……我好不容易才鼓起勇氣約飯，她竟然自己提喝酒，難道素曇對我……哈哈哈，還是先不要自作多情。其實我今天滿堂，為了見她一面不惜撒謊說自己沒課。

我想不起來上一次積極追求女生是什麼時候了，年代久遠不可考，我到底為什麼會這樣呢？是因為喜歡她嗎？不，只是擔心才在意的吧。

也許在聽見她約我喝酒，笑得開懷時，我就意識到了自己對她的心意。和她通話的過程，我少見地心慌意亂。

上課時間變得漫長難熬，遲遲等不到午餐時間，我試圖專心聽老師講課，卻連一句話都聽不見。我還沒收到素曇說會傳來的簡訊，想再打電話給她，又怕被誤會我是在催促，只好繼續等待。我的心和大腦達不成共識，手老是伸向手機，這種狀態聽得進老師講課才奇怪。

在思緒漫天飛舞之際，手機「嘟嚕嚕、嘟嚕嚕」響起，我旋即拿起來確認。不是素曇。一則來自陌生號碼的訊息，內容是自稱銅雀警局金範鎮刑警的簡短自我介紹，還要我有空打給他。警察找我幹嘛？怪了，我明明沒犯罪，內心卻七上八下。金範鎮刑警……？之前從沒聽說過這個人。

上午的課結束了，我走出補習班，打算吃杯飯*6解決午餐，但正值午餐時間，店家已經大排長龍。我排在隊伍最末端，趁著等待的時間撥電話給那位名叫金範鎮的刑警。

「喂？我是銅雀警局重案一組刑警金範鎮。」

聽到他說自己是重案組刑警，我一時說不出話。

「請說？」

「啊……是，我叫南始甫，你有傳簡訊給我……。」

「啊，南始甫先生嗎？謝謝你打來。是這樣的，你上次不是報警說看到屍體嗎？大概一週前吧？」

「屍體嗎？啊，你是說……穿藍色襯衫的男人嗎？」

「對！沒錯。因為這件事，希望能請你來一趟警局……。」

「現在嗎？」

「不是……。如果能現在來也很好。」

我今年是走什麼警局運嗎？

「啊……能不能直接在電話裡說？我今天要上課，而且有別的約。」

「這樣啊？我想請你描述當時目擊的狀況。」

「我當時看到……。那個，你有聽說我的狀況嗎？」

「喔，我知道，有聽閔組長說了。這與閔組長也有關係，所以希望你能協助……。麻煩了。」

「什麼？與閔組長有關？什麼意思？」

「見面再說吧，如果你今天累了，約明天也可以。請明天早上八點以前過來。」

「八點？」

「我等你過來，找重案一組就行了，可以嗎？」

「喔……好，我知道了。」

我瞬間感到一陣不耐煩，憑什麼對我呼來喚去？我早就描述過那天看到的情景，聽了又不相信。還有，與閔組長有關又是什麼意思？為什麼是因為藍色襯衫的男人來找我，而不是因為李警衛？

杯飯在我尋思原因的時候做好了，我回到安靜的教室裡吃飯，思緒凌亂，吃到杯底見天才發現吃完了，真不知道飯是吃進了嘴裡還是鼻子裡。我正想刮下最後一粒飯粒，這時手機開始震動。

這次是她。一看到畫面顯示「姜素曇」，我便著急地點開簡訊確認。她約我今晚十點在「舀」酒吧見面。就一句話，別無其他。等了她這麼久，開頭多說句不好意思，或是忙到太晚忘了手指會痛嗎？只寫了重點的簡訊內容讓我沒來由地感到遺憾。果然是我自作多情嗎？

漫長的課堂總算結束。炎熱的天氣令我汗流浹背，我回到考試院洗澡更衣，即使考試院離酒吧只有二十分鐘距離，我卻等不及地提早離開了考試院。

多虧如此，我到酒吧時還不到約好的十點，我先去了附近的夾娃娃店。我告訴自己素曇應該會喜歡我

＊6：將飯及配菜盛裝在紙杯或碗裡，方便攜帶及食用，以考生聚集的鷺梁津地區最為興盛。

送她自己夾的娃娃。自我合理化帶來的下場就是，眨眼間賠了一萬韓元，幸好有夾到一隻小企鵝娃娃。沒想到小小一個娃娃能帶來這麼大的喜悅。

我走下樓梯，走向位於地下室的「舀」酒吧，一推開門，就聽見嘈雜的歌聲。桌位多但客人相對地少。我提早十分鐘到，所以素曇還沒來。我坐在空位上看菜單，服務生走來問道：

「你來啦？」

「是的，這裡……。」

「這裡好找嗎？」

「啊！素曇？」

「嚇到了嗎？我在這裡打工。」

「喔，所以才約這裡見面……。」

「等我一下。」

素曇聽到客人的呼喚，連忙前去別的桌位。原來她在這裡工作。我連這個都不知道，還自己胡思亂想，我不禁噗哧笑出來。

我正煩惱著要不要點餐，素曇又回到我的桌前，說她很快就可以下班，並將手中的炸雞和德式香腸的下酒菜拼盤放在桌上。我說我還沒點餐，但她好像沒聽見，像陣風似地又走了。也許是因為逼近交班時間，她看起來忙得不可開交。

她忙到一半，忽然和我對視片刻，微微一笑，指了指桌上的下酒菜。我被她的笑深深吸引，完全無法理解她的意思，只是露出傻子般的笑容看著她。

她對身旁的同事低語幾句後，快步走向我。

「始甫，是因為沒酒才不吃的嗎？」

「啊，不是的。等妳下班我們再一起喝。對了，這些下酒菜不是我點的，妳忘了拿走。」

「呵呵，我放這裡就是想給你吃的。別擔心，這些我請客。」

「不，應該我請才對。」

「你先吃，我馬上就交班，換件衣服就回來。」

「喔，好的。慢慢來。」

素曇微微一笑，又走向收銀台。我今天已經看到兩次她的笑臉。她的表情不像昨天那樣難過憂鬱。原來她笑起來這麼好看。她是如此與眾不同，悲傷的臉龐透露出專注的成熟與智慧，而微笑的臉龐則是那樣的清新純潔。

我真的被這個女孩迷得神魂顛倒了嗎？突然小鹿亂撞的心，這是愛嗎？只要一看見她的笑容，本來平凡跳動的心臟像是期盼已久一般怦然心動，我久違地對某人產生這樣的感覺。

上次心動是何時了呢？好像是青澀的高中時期吧。

我高二時搬到水原，轉學到男女合班的學校。國中三年加上高中一年，整整四年，我生活在周遭全是男性的環境中。那是我第一次和異性一起上學，擁有同班女同學對於我來說太陌生，與其說高興，更多的是尷尬和難為情。

我生性膽怯，和同性在一起時能大方開玩笑，還會口無遮攔地亂講話。轉學後不僅沒交到好朋友，還進到有女生的學校，天天和女孩相處，我變得越來越敏感，最後到達了極限，不再主動接近人。

某一天，我見到一名嬌小的女同學，她的臉龐和身高都小巧可愛。她總是笑著先跟我打招呼，而且班上只有她會笑著跟我打招呼。一站在她面前，我就會害羞得抬不起頭，視線鎖死在地面，用小得像蚊子叫的聲音，臉紅心跳地打招呼。我很喜歡她，卻從沒能正視過她。

然後，發生了那件事。

喜歡獨自胡思亂想的我時常一個人在教室留到很晚。那天同學都放學了，我才後知後覺地發現只剩下自己，急忙起身時，三名看起來不像同年級的陌生男同學走進教室。我細看他們的名牌，是三年級的學長們。吃驚之餘，我並不想追問他們進來的原因，省得惹禍上身，肯定是有事才進來的吧。我恭敬地打完招呼，正想從後門溜走，一個粗魯的聲音說：

「喂！你就是始甫嗎？」

「什麼？對，我是南始甫。」

「過來一下。」

「我嗎？有什麼事……？」

「廢話少說，要你來就來，臭小子！」

完全狀況外又驚慌的我，勉強拖著步伐走到他們面前。

「喂！聽說你是首爾來的？首爾哪裡？江南嗎？」

「啊……不是的，我之前住在往十里那邊。有什麼事嗎？」

「往十里是在江北吧？」

「是的，沒錯……呃！」

對方不動聲色地偷襲，一拳揮向我的肚子，並說道：

「這小子！喂！又不是江南來的，還裝模作樣！」

「嗚呃……什、這是什麼意思？」

啪！

「嗚呃！呃……。」

我疼得彎下腰，又有人用手掌拍了我的頭，說：

「問個屁啊？要你在學校守規矩啦，聽懂沒？」

「南始甫，你認識韓國熙吧？」

「韓國熙？那是誰……？」

砰！

「啊！呃……。」

對方用膝蓋再次攻擊我的肚子。

「要多挨幾下才會清醒嗎？哈，你不認識韓國熙？看來這小子要再嚐嚐……」

「閉嘴啦！南始甫，韓國熙啊，你以為裝傻，我們就會放你一馬嗎？搞笑噢？她怎麼會對這種傢伙……喂，算了，沒事啦，你這個首爾鄉巴佬，以後當心點，敢再招惹國熙，我讓你吃不完兜著走，知道嗎？下次絕不放過你。喂！走吧。」

「喂，這傢伙超孬欸，她怎麼會對這種人……」

「啊？你說話小心點。」

「啊，對、對不起，都怪這臭小子。」

「夠了，走！」

那些學長笑罵我沒出息，離開了教室。聽著走廊裡迴響的笑聲，我的淚水不由自主地滑落。韓國熙？我什麼時候招惹那個人了。我做錯了什麼要被這三個傢伙打？我滿懷委屈坐在座位上，強忍著眼淚。

韓國熙。第一次聽到時想不起來是誰，後來想起來了。就是她。每次看到我都帶著無比燦爛的笑容，跟我打招呼的那個女孩。但是為什麼？他們怎麼會覺得我在糾纏她呢？

我在洗手間用冷水洗臉，鏡子裡映照出我慘不忍睹，淚流不止的淒慘模樣，洗了老半天，看著自己充血的眼睛和腫起的臉反而讓我升起怒火。

比起為什麼要被打，我更無法忍受的，是自己被打竟然嚇得動也不敢動，我應該要揪住一個人反擊才對……。為什麼被嚇得全身僵硬，像個傻子一樣挨打不還手。那份屈辱感令我鬱悶又氣憤。

不待心情平復，我有氣無力地走出學校，煩惱著要去找韓國熙算帳，還是當沒這回事。當時我唯一能確定的是，如果有下次，我絕對不會再吞忍不還手。

隔天，我一如往常般搭公車上學。公車停在紅綠燈前，距離學校還剩兩站，一輛車斜停在十字路口的人行道前，副駕駛座被撞得稀巴爛，車身凹陷。那是我人生第一次目睹車禍。

然而，人們若無其事地走過斑馬線，經過事故車輛。有一輛車在斑馬線前發生嚴重車禍，顯然車裡有人沒能逃生，路人們卻袖手旁觀，甚至沒人拿起手機報警。我拜託公車上的大人們趕快報警，但他們卻視而不見。

「司機先生！」

「嗯？同學，有事嗎？」

「那邊出車禍了，我們是不是該報警？」

「車禍？哪裡？哪裡出車禍了？」

「什麼？那邊，那邊出了車禍……。」

「你說哪裡有車禍？」

司機大叔困惑地反問，我指向斑馬線，複述道：

「那邊。」

「同學！你是做惡夢嗎……？看來你最近很累吧？呵呵呵。」

「夢？不是，就在那邊……。」

這時紅燈轉綠，公車再次出發，沒多久就到了學校前的站牌。司機看著走下公車的我，不知道在喃喃自語什麼，大概是說「最近的學生讀書很辛苦啊」之類的吧。那時候的我，雖然目睹了車禍現場，但想著應該會有其他人報警吧，於是很快地便忘了這件事。

我走向校門，而校門前停了一輛車，從車上下來的女學生朝駕駛座上的人揮手後，輕快地走進校門，是韓國熙。我看見她的瞬間，心頭一顫，頭暈腿軟，應該是因為想起昨天的事，太氣了吧。

國熙坐的車開過我身邊，開車的人有些面熟，但我很快地轉移視線，盯著她的背影，我下意識瞥了瞥四周有沒有人在注意我，沒來由地繞遠路進教室。

比平常更費力地進了教室，國熙開心轉頭朝坐下的我打招呼，我卻低頭，假裝翻書包找書，想著她應該已經轉過頭了才再抬起頭，但是她依然看著我，堅持與我對視說了聲「嗨」。

「不要跟我打招呼。」

「為什麼？南始甫你幹嘛這樣？」

「那個……以後不要再跟我打招呼，還有……。」

「……還有什麼？」

「沒事。」

「哼！討厭鬼。」

國熙氣呼呼地轉頭。

我想告訴她學長們對我做的事，想問她到底怎麼回事，但一看到她……不，是一想起那些學長就害怕，這樣跟國熙劃清界線雖非我本意，但這樣也好。

從那天後，國熙不再和我招呼，偶然遇見也會撇頭當作沒看到我。

新的一個月不知不覺開始了。身為值日生的我必須提前到校，在打掃好教室後，拿著拖把打掃教室前廊時，其他學生們也開始陸續到校。我打掃完回到座位上，差不多已經是早會時間。但國熙的座位不知道為何空著。

她以前從沒遲到過，不會是曠課吧？

早會時間到了，班導遲遲沒有出現，班長於是到教務室確認是怎麼回事。

老師和班長不在的時候，同學們吵成一片，沒多久，班長一臉沉痛地推開教室門走進來，那表情像是下一秒就會哭出來。班長站在講桌前哽咽著說：「今天早會取消」，說完便回到座位上，把臉埋進桌子，肩膀微微顫抖。我們其他人不知道出了什麼事，面面相覷安靜了下來，不過很快地又像什麼事都沒發生似地，再次吵鬧了起來。

上課鐘響，第一節課的國文老師走進教室，站在講台上擦著眼淚，原先嘈雜的教室頓時安靜了下來。國文老師沉鬱的表情與班長如出一轍。大家愣看著莫名哭泣的老師，又看看肩膀顫抖，哭得厲害的班長。

老師拿出手帕拭淚，深吸了口氣才開口說：

「同學們，請大家專心聽。今天你們班導沒來學校，由我暫時代課一天……。班長已經聽說了，其他同學……」

「老師，不要哭，發生什麼事了嗎？」

「是啊，老師，不要哭。」

同學們七嘴八舌地安慰老師，老師的情緒變得激動，緊蹙著眉頭說：

「各位，今天……國熙……韓國熙同學和她的父親都……過世了。」

「什麼？」

「老師！你在開玩笑吧？」

班上同學難以置信地看著老師，直到某個女同學嗚嗚地哭了起來，教室裡開始像接力般，哭聲四起。

「她在上學路上出了車禍，儘管緊急送醫，但……」

「不可能，老師！怎麼會……。」

老師再也說不下去開始哭泣，同學們也都哭了起來，而我也泣不成聲。我哭，是因為這難以置信的事實，更因為對自己之前的行為感到既後悔又歉疚。

兩天後，靈車駛入學校，繞操場一圈，暫停片刻後開離校園。我沒去參加葬禮。我不知道自己該不該去參加葬禮，以及去了又該做什麼。

後來我才聽說，班導有請班長集合有意願參加葬禮的同學一起過去。不過，當時暗戀國熙的班長，因為看不順眼我對國熙沒禮貌，因此沒來問我。

另外，過了很久之後我才曉得國熙說她很喜歡我，原本只是出於想幫助轉學生，才親切地跟我打招呼，但我的反應越看越有趣可愛所以對我產生了興趣，之後便時常出現在我面前，主動打招呼。她也表示過很想和我聊天，偏偏我太害羞又消極，她也不好意思多說什麼。國熙把對我的心意告訴了朋友，而那位朋友是其中一位高三學長的妹妹。如此一來，一切都說得通了吧？

「南始甫先生！」

「啊？什麼？」

素曇坐在我面前，目不轉睛地看著我：

「你在想什麼？我叫你好幾次了，都沒聽到嗎？」

「喔，對不起，妳下班了嗎？」

「對。發生了什麼事嗎？難道你……你在哭嗎？」

「哭？沒有，我才沒哭，不過眼睛有點痛……。」

「你應該先吃點東西的，都還沒吃耶，下酒菜不好吃嗎？」

素曇疑惑地看著我。

「不是的，我想說和妳一起吃……。」

「啊，好啊，要喝啤酒嗎？」

「要！我喜歡啤酒。」

「不好意思！請給我們兩杯500cc啤酒。」

國熙是我的初戀嗎？我喜歡她？還是說，我們互相喜歡？過去見到她的悸動和此時此刻的悸動相同嗎？我的心臟正訴說著我的喜悅，看見素雲，我臉上會不自覺地露出微笑。

「始甫，我有件事想問你。」

「什麼事？」

「昨晚才想起來的，我怎麼這麼晚才想到……哈哈。」

我靜靜看著她尷尬的笑容，她猶豫片刻，小心翼翼地開口：

「你是怎麼知道……我會上頂樓做傻事的？」

「喔，那個啊……。」

「雖然我是迷迷糊糊地上了頂樓，但當時是上課時間，我確定四周都沒人……。」

「對，是那樣沒錯。但就算我說了妳大概也不會相信。」

「為什麼要先認定我不會相信，不想說就算了。」

「哎呦，幹嘛生氣？」

「我哪有。」

我刻意開玩笑捉弄她，素曇也被我逗笑了。

「我告訴妳吧，但妳聽了不要笑。」

「好啦，知道啦，我絕對不會笑。」

於是我將那天的事全盤托出，她的反應出乎我意料之外。按照我原先設想的，她會露出不相信或無言以對的笑容，但是她卻非常真摯地聽完我的解釋。

說完一切事由之後，她沉默了好一段時間，視線固定在桌上，似乎在回想整件事的經過。

「原來如此，但為什麼覺得我會不相信？世界上多的是比你的經歷更荒謬、更難以置信的事。」

「真的嗎？哇，沒想到妳這麼快就相信我。我說真的，這還是第一次。」

「畢竟發生在我爸身上的事也……。不，沒事。」

「啊……。」

素曇咬緊嘴唇，接著像整理故事一樣補充說：

「所以，你經歷的事並不會令人難以置信。你是從什麼時候開始看到那些的？」

「我也不清楚從什麼時候開始，剛才我自己想了想，好像從小時候就看得到了，不過那時也搞不清楚，是現在回想才發現。」

「你擁有一種神奇的能力呢。真的很謝謝你，始甫。如果沒有你的超能力，我怎麼可能還會坐在這裡喝啤酒。這個能力非常了不起，千萬不要把這件事想得太糟，好嗎？」

「好的，謝謝，素曇。妳現在沒事了吧？是不是還在難過妳爸的事……？」

「現在還有點……難過，但我必須克服。我下定決心了，等我當上警察，我一定要抓到害死我爸的人。我還能活著說這些話都要謝謝你。」

「加油，我會替妳加油的。」

「謝謝。」

素曇和第一次見面時不同，非常開朗，在聊天的過程中，我對她的心意不知不覺變得更深了，我努力不露餡卻失敗得徹底。

對面的玻璃上如實倒映著我因為她說的每句話而展開的笑容。她會喜歡這樣的我嗎？真希望她能喜歡上我。

「素曇，時間很晚了，我送妳回家吧。」

「真的嗎？我每天晚上自己走回家都很害怕……。謝謝。」

「幹嘛謝，當然不能讓妳一個人走夜路啊，哈哈。」

「我從剛才就很好奇……。始甫，你喜歡玩偶嗎？」

「玩偶？」

素曇點點頭，指了指放在旁邊的玩偶。

「啊！我忘了，這是禮物。」

「真的嗎？嘻嘻，謝謝。我很喜歡企鵝，忍不住一直注意……。你不覺得很可愛嗎？」

「對啊，真的很可愛，哈哈。」

要忍住看她的慾望，將視線轉向那隻企鵝玩偶可真不容易。

「看來你不怎麼喜歡玩偶？」

「啊？沒有沒有，啊哈哈，我很喜歡。」

我尷尬答道。素曇「咕」了一聲，嘟起小嘴。

「不是的，我真的很喜歡……。」

「好好好，我又沒說什麼。掛這裡怎麼樣？」

素曇將企鵝玩偶掛在包包前袋，問道。

「很不錯，和包包很搭。」

「是吧？謝謝你，這頓我請吧。」

「啊！不行，讓我請客吧。」

「我請吧，當作感謝你護送我回家……。還有送我這隻玩偶。」

我說下次一定要讓我請，素曇調皮地說「下次？」一邊走向櫃檯。

她去和同事們道別，我則先行走到店外。快滿月了，微缺一角的皎月被朦朧的雲朵擋住。雖過午夜，市區閃爍的霓虹燈卻照亮了夜晚的街道，路旁的酒吧與商店仍在朝氣蓬勃地迎接著顧客，街頭人潮洶湧。

多希望這條路沒有盡頭，能讓我和素曇聊到天長地久，我想不起來上次和誰能聊得這麼開心又舒服，尤其是我和女性單獨聊天的次數更是寥寥可數。

我們離開燦爛輝煌的市區，走進月光明亮的暗巷，四周變得黑暗，她微微挪動身子傾向我，每當她晃動的光滑手臂輕觸到我的手背，我全身就像觸電一樣，心臟怦怦直跳，心跳聲大到她似乎也能聽見。

我下意識地與她拉開距離，快步前行，她卻不甘落後地跟上我。拉開、跟上、又拉開、又跟上，反覆數次後，她突然停下腳步。

「素曇，怎麼了？」

「始甫，如果你有急事的話，我們要不要回頭？這裡很少會有計程車經過。」

「什麼？急事……？我沒事啊。」

「可是你為什麼走得這麼快？難不成……。」

「啊……不是的，不是妳想的那樣。」

「哪樣？你知道我要問什麼？」

「就是說……我喜……」

「你也怕黑對吧？」

「什麼？」

我瞬間愣住看著素曇。

「我也怕黑，才會緊貼著你走，但你一直走這麼快……。走慢一點吧。」

「啊，原來如此……。是我神經太大條了，對不起。」

我吞了吞口水，差點說出我不是怕黑，是因為喜歡妳才緊張得快步前進。真是的，與其講出這種話，還不如直接告白說喜歡她。

「要是你也怕的話，我們要不要挽著手走。」

「挽……手嗎？」

「對啊，像這樣。」

幾乎衝出口的驚呼，又被我硬生生地吞了回去。

素雲挽住我的手，我的心臟又開始狂跳，手足無措的我用力憋住氣，心跳聲不但沒有變小，反而越來越大聲，我怕被她聽見，整副精神都集中在心臟上。因為專注在每一次的呼吸，使我很快忘了自己正與她挽著手。心臟為什麼跳成這樣，臉又為什麼像火燃燒一樣……。我聽著心跳聲，只顧著往前走。

「夜晚空氣很涼，挽著手溫暖多了，真好。始甫，你真是個溫暖的人。」

「……。」

「謝謝，好久沒笑得這麼開心，有你在真好，我才能有了活下去的勇氣。」

「……。」

「始甫？」

「啊，對！什麼？是的。」

我像發出嘎吱嘎吱聲的故障機器人似地看著她。

「啊哈，我家到了，你沒聽到我說的話吧？」

「什麼？啊……是的，對不起。」

素雲露出有些遺憾的表情說：

「我進去了，你快回去吧，今天很謝謝你。」

「我也很謝謝妳，晚安。」

素雲走進大樓後又回頭看。

「對了，我還沒問你幾歲？」

「我嗎？我27歲，哈哈，有點老吧？哈哈。」

「真的嗎？看起來很年輕，我還以為我們同年。我25歲，始甫哥。」

「始甫……哥？」

「你比我大，當然是哥哥。」

「哈哈，對，是哥哥，當然了，啊哈哈。」

「以後說話就隨意一點吧，我先進去了。路上小心，始甫哥！」

我腦袋一片空白，只回了句「喔……好的」，等到我回神時已經走到了考試院前。我不記得自己是怎麼回來的，一路上我滿腦子都是和她共度的時光，反覆咀嚼著她對我說過的每句話，彷彿是靠著本能回到住處。

第3話

殺人犯的登場

我一早就到了警局，在我踏入警局之前，我想起金刑警要我先聯絡，於是撥了通電話給他。金刑警說自己馬上出來，要我在正門等他。過了一陣子，一個男人高興地揮著手走向我，說：

「南始甫先生！謝謝你跑一趟。」

「不會，有什麼事嗎？為什麼說這案件和閔組長……」

「我們先去一個地方，再慢慢聊。」

「什麼？哪裡？」

「哎呀別怕，就在這附近不遠。來，上車吧。」

「喔……好的。」

男人一出來就將我帶上車，他大概就是金刑警吧。上了車之後，他一言不發地開著車，直到車子駛離警局，才開口道：

「始甫，你和閔組長很熟嗎？」

「怎麼說？」

「我是看你一見面就提閔組長才這樣問的。」

「喔……沒很熟，但閔組長上次幫了我，聽說事情和他有關，有些好奇所以……。」

「這樣啊？喔，對了，就是上次性騷擾……」

「呃……是的。」

「原來如此，是那時候啊？沒錯！看到你的臉我想起來了。」

「你是金刑警，對吧？我們現在要去哪裡？」

「啊，真是的，抱歉，我忘了先自我介紹，哈哈，我是金範鎮刑警。」

金刑警出示了警察證件，接著說：

「我們現在要去李真成命案的現場，別擔心，啊！李真成就是那名穿藍色襯衫的男人。」

「為什麼要去那裡……？」

「你不是看到李真成屍體之後有報警嗎？因為你報警的時間遠比案發時間早得多。啊，這是我從崔刑警那裡聽說的。他說有個胡言亂語的傢伙……不是，有一位這樣說的民眾。我也是偶然聽見他提起關於你的事。」

胡言亂語的傢伙？原來他們是這樣說我的啊。也是啦，崔刑警也沒說錯，會這樣想很正常。

「我是那個胡言亂語的傢伙沒錯，哈哈。」

「抱歉，始甫，不是我說的……。」

「不會啦，沒關係，也不是第一次了。所以你是相信了才聯絡我嗎？」

「我想試著相信……。聽說你上次也是提前預知，救了一名想自殺的女大學生？」

「是的。」

「我們先到案發現場，你回想一下當時看到的情景，仔細地告訴我就行了。其實，那天的現場維持工作做得不好，我在想可能有遺漏，所以才想拜託你。」

「雖然不知道幫不幫得上忙，不過你願意相信我，我一定盡力。」

「那就拜託了，謝謝。」

要是我什麼都想不起來，或是直接暈倒該怎麼辦。越接近現場，我越是擔心。但只要金刑警相信我所看到的，我願意盡所能提供協助。

沒過多久，我們抵達了案發現場。

「就是這裡，李真成倒下的地方。」

「喔，是的，請等等。」

「嗯，你慢慢想。」

雖然到了現場，但什麼都看不見。真的想得起來嗎？我很擔心自己能不能想起那天看見的屍體。

我閉上眼，試著在腦海中描繪那天身穿藍色襯衫的男人的樣貌，當時的情景逐漸地出現輪廓，彷彿屍體就出現在眼前一樣。幸好我擔心的頭痛並沒有發生。

他的臉朝向另一邊，藍色襯衫上沾滿了紅色的血。滿地的鮮血，我眉頭不由自主地皺了起來。黑西裝褲和黑色皮鞋，沒有其他特別之處，和我第一次見到的模樣差不多。

我的視線向上移動，他褲袋中有個像紙一樣的東西凸出來，上次好像沒看到，我靠近想看得更仔細，好像是收據之類的……紙上也沾了血，難以確定。是包裹託運單嗎？再靠近點，再靠近點。呃啊！我的頭又開始……。

「始甫！你沒事吧？累的話先休息一下。」

我的頭突然疼了起來，我不自覺地睜開眼睛。

「啊……好的，我先休息一下再回想。我的頭也像上次一樣很痛。」

「看見了什麼嗎？」

「有一張紙，不知道是收據還是託運單……。」

「你真的看到了嗎？是收據還是託運單？」

「好像是託運單……。啊！好像是超商的包裹託運單。」

「是在他褲子的口袋裡嗎？那應該收在證物裡了，還有別的嗎？」

「沒什麼特別的……。他真的是被刀刺死的嗎？」

「為什麼會這麼問？又看到什麼了嗎？」

「屍體的後腦勺好像有凹陷……。」

「沒錯，驗屍的結果顯示他是因為墜落導致腦出血與心臟驟停。腦出血是摔下來造成的，心臟驟停則是因為被刀刺傷。雖說還得再深入檢查……。反正不出意外的話，主要死因就是這兩個。」

「他是從那棟樓上摔下來的嗎？」

「從周圍的閉路監視器影像來看……應該是這樣沒錯。大概是從那上面吧。」

「是嗎？那閉路監視器應該拍到凶手了吧？」

「我們確認過當天大樓的出入情況，沒有發現可疑的人，不過……」

我看著金刑警的嘴，等他接著說出下去。

「……反正就那樣，能再回想一下嗎？」

「喔，好的。」

我調整好呼吸，再次閉上眼。

這次回憶一浮現，我就靠近那張託運單，留意檢視，模糊的字跡漸漸變得清晰。「姜、時、民」。上面還寫著地址，首爾市銅雀區鷺梁津一洞西區……西區別墅？這個地址怎麼會出現在這？這是素曇家的地址……這具屍體和素曇有關係嗎？

這個姜時民是誰？

等等，姜時民？也姓姜。雖然不太可能，但該不會是素曇的爸爸？這件事該告訴金刑警嗎？

「始甫！看見了什麼嗎？」

「喔……沒有。」

「是嗎？那你能和我回警局看一下被害人的隨身物品嗎？說不定會想起其他事？」

「好，我去看看吧。」

「太好了，走吧。」

既然事情不急，我打算考慮一下再決定要不要說出來。反正只要看了證物，託運單上面也會寫到，不馬上說也沒關係吧？我這樣想著，上了金刑警的車。

「金刑警，警方還沒找到嫌疑犯嗎？」

「對，還沒有。」

「很抱歉沒幫上忙。」

「你太客氣了，你幫了很大的忙。」

「不過你不是說這和閔組長也有關嗎？是什麼樣的關聯？」

「對了，我有跟你說過。真是的……始甫，閔組長是個了不起的人，很能幹，也很受同事的愛戴。要是當時沒發生那件事，他在警察廳絕對能飛黃騰達。」

「怎麼了嗎？發生了什麼事？」

「與其說發生事情……。你也清楚吧？在韓國無權無勢又沒錢會有多可悲，能力再強都沒用……。」

「喔……是的，沒錯。」

「總之就是這麼回事，大家一直認為閔組長會被升職到警察廳。」

「然後呢？」

「但半路殺出『蔡非盧』組長。閔組長年紀比蔡組長還要年長，而且從過往成績與評價分數來看，閔組長才是晉升的不二人選……。結果是蔡組長被升去警察廳。」

「真的嗎？年紀大很多嗎？可是兩個人不都一樣是組長？」

「閔組長是重案組的傳奇人物，從基層的巡警，一步一腳印爬到現在的警監。相較之下，蔡非盧組長是警大畢業的，當上組長的過程一帆風順。」

「啊，因為是警大畢業的……。」

「應該是因為這個原因吧，那時候傳聞沸沸揚揚。蔡非盧組長的父親是國會議員蔡利敦，蔡議員向警察廳廳長行賄，有老爸在背後撐腰，蔡組長就成了警察廳刑事科係長的第一人選。誰知道，這件事傳到閔組長耳裡，同事們氣不過，說要向警察廳提交陳情書，告發這件事，但閔組長只表示要再考慮一下……。後來他說就當作沒這回事。」

「為什麼？」

「他說自己沒那個資格。從那天以後，閔組長變了很多。他真的是個好人……。啊……我怎麼說了這麼多……。你出去可不能到處說啊。」

「好，那是當然。原來有過這種事啊。」

對閔組長有了新的認識是好事，但這些和案件有什麼關係？我沉默著整理腦中的思緒。

「其實……在尋找證物的過程中，我們在離現場不遠的地方發現了刀。」

「刀嗎？這麼說刀上……。啊，找不到指紋嗎？」

「不，有找到指紋。」

「什麼？真的嗎？那為什麼還找我……」

「你說閔組長幫了你，對吧？」

「是的，他是唯一相信我的人，也幫我將之前的事件處理得很好。」

「所以我才拜託你。」

「什麼？什麼意思？」

金刑警緩了口氣，接著說道：

「聽好了，別誤會。那把刀上驗出了閔組長的指紋。」

「……什麼?你說什麼?指紋嗎?」

「很吃驚吧?我也不相信……。閔組長絕對不會殺人,雖然你和閔組長不熟,但他絕對不是會做這種事的人。」

「不對啊,如果刀上驗出了他的指紋,那他就是凶手啊。」

「是的,沒錯,我也不知道怎麼解釋……。警察有一種直覺,就是第六感,我的第六感告訴我凶手絕對不是閔組長。」

「但證據確鑿……。」

「我知道。始甫,當其他人不相信你看到的屍體時,你的心情如何?很痛苦吧?但是閔組長相信了你的話,理解你的心情,不是嗎?現在你可能難以理解,但試著相信看看呢?閔組長絕對不是那樣的人。」

「是……我懂你的意思,但……。」

「我知道不容易,但請你幫我再找出更有力的證據。始甫,拜託你了。那天警方在現場有沒有遺漏了什麼?也許你有看到呢?不,應該說你看得到吧?我就是為了這件事才找你。」

我緩慢地點頭說:

「是,我懂你的意思,我會……盡力回想那天現場的一切。」

「真的很謝謝你。」

我不是想敷衍他,如同金刑警所說,我也想相信閔組長。儘管只在調查時有過一面之緣,但他看起來不像會殺人的惡徒。

我再次閉眼回想看見的屍體，可能是看了太多次，害怕或恐懼的情緒不再。人類也會對這種東西產生抵抗力的嗎？還是因為我沒看過更可怕的屍體。

在回警局的路上，我一直在腦中回想著那具屍體，仔細觀察當天的案發現場有無其他證據。為了不錯漏任何線索，我認真檢視案發現場，但仍然一無所獲。不過，死者朝向側邊的臉與左手令人在意。左手會不會有什麼東西呢？

正當試圖挖掘更深入的記憶，我突發奇想：我之所以擁有這種能力，會不會是為了讓我介入這些事件的天意呢……？我頓時間豁然開朗。

「到了，可以下車了。」

「刑警，我忘了我今天要上課，能麻煩你確認證物後聯絡我嗎？」

「證物？不，我覺得你得親自看看。」

「這堂課很重要……我不能不上。」

「啊……這樣嗎？那也沒辦法，知道了，那麼我確認後聯絡你，如果你又想起什麼請馬上聯絡我。」

「好的，謝謝。」

「那個……始甫，閔組長的事是祕密，不能告訴任何人，知道嗎？」

「好，我會保密的！別擔心。」

「好的，路上小心。」

我向金刑警撒了謊，其實我並非有課，而是很在意託運單上的包裹地址。這之間好像有什麼關聯，而警方似乎還沒看到託運單。雖然金刑警說那是隨身物品，但我認為之後很有可能會成為證據。

我在記憶中看見託運單的瞬間，確定那個包裹裡必然有著能當成證物的東西。如果是包裹，那麼素曇一定是第一個確認包裹內容物的人，我必須盡快和她見面確認才行。

我一離開警局便坐上計程車，並打電話給素曇。幸好她今天值夜班，沒錯過我的來電，我們立刻約好見面。

閔組長真的不是凶手嗎？金刑警信誓旦旦地說絕對不是，然而證據卻將嫌疑指向他。

儘管只見過一面，但閔組長似乎是品行端正的人，看似木訥，卻比任何人更親切地照顧我，是唯一真心聽我說著荒謬故事，還相信我的人。要是閔組長真的是犯人怎麼辦？

就在我徬徨不知該相信或懷疑閔組長時，計程車已經停在素曇家門口。我下了計程車後打給她，電話那頭傳來了她下樓的聲音。

沒過多久，素曇打開大樓的正門走出，向我高興揮手：

「始甫哥，你好！」

「幸好妳在家，我有事想跟妳確認。」

「什麼？」

「那個……妳最近有收到包裹嗎？」

「包裹？嗯……最近沒有。」

「是嗎？那妳最後一次收到包裹是什麼時候？」

「搬到這裡後我沒收過包裹，都是直接買回來，又沒有人會寄包裹給我。」

素雲好像有點鬧脾氣地說：

「有什麼事嗎？你又約我見面……」

「抱歉，我以後一定會告訴妳是怎麼回事。妳今天上幾點的班？」

「晚上十一點，我正在睡，接到你的電話就醒了。」

「啊……是不是應該再回去睡一下？」

「現在睡不著了，吵醒我的人要負責。」

「抱歉……吃過飯了嗎？」

素雲搖搖頭，說一起吃午飯吧。她不斷地追問我為什麼講話還是這麼生疏有禮，我表示因為還有點尷尬，她看著那樣的我說……真可愛。

「可……可愛嗎？啊哈哈。」

沒想到長這麼大了還會被說可愛，但心情挺好的。

「始甫哥，往下走有一家叫『南山超大炸豬排』的餐廳很有名，我們去那裡吧。」

「好，沒問題。」

她開朗的語氣與微笑打動了我的心，看見緊貼在身旁，走在觸手可及的距離的她，我想起了昨晚的情景，內心再次小鹿亂撞。該如何用言語形容這種心花怒放，難以抑制的心情呢？如果可以的話，我多想直接霸氣告白。但現在不是時候，等時機到了，我會正式向她告白的。

「始甫哥，到了，就是這裡。」

「哇，大排長龍，我們有得等了。」

「是啊，看來這家餐廳真的很好吃。」

我們排在隊伍後頭，素曇又提起那個包裹，問道：

「不過為什麼問包裹？剛剛在來的路上我煩惱很久該不該問……。不能告訴我嗎？」

「那個啊……妳說沒有收到包裹，所以應該是我搞錯了。」

「搞錯了什麼？難道你寄了包裹給我？」

「啊，不是那樣的……。那，妳認識姜時民嗎？」

「喔！那是我爸的名字……。你認識我爸？」

素曇瞪大眼睛問，我再也無法隱瞞下去，說道：

「聽好了，素曇。」

我相信素曇不會洩露祕密，因此把見到金刑警後，以及李真成命案現場發生的事一五一十地說完。她雖然不清楚為什麼父親的名字會出現在那個人的託運單上，還有那個人與她父親的關係，仍然聚精會神地聽完了我的說明，眼神滿是好奇與困惑。

「啊！對了！」

「嗯？什麼？」

「快遞！我爸去世後我忙得不可開交，那時確實有個快遞包裹寄來我家。因為沒心情就擱在一旁，後來就忘了……。是寄給我爸的快遞。當時沒多想就收了下來，不知道為什麼會有人寄快遞給爸爸。」

「為什麼？也許是妳爸的朋友寄的啊？」

「我是在爸爸住院的時候自己搬家的，所以沒人知道我現在的地址，我爸的朋友也不知道。」

「妳還沒確認過包裹裡有什麼吧？那應該還在妳家？」

「對，應該是沒錯。」

「素曇，不好意思，我們能先確認包裹內容物，再吃炸豬排嗎？」

「現在嗎？不是吧，我們都來了……。包裹有那麼重要嗎？」

「抱歉，因為很急，先確認包裹後再過來吧。」

素曇想了一下，無力地點點頭。父親的名字竟然與命案牽扯上關係，我想她心裡應該也不好過。

我想快點確認包裹，疾步走到了素曇家。我觀察素曇的臉色，小心翼翼地走進屋裡，一進門就一股香氣撲鼻而來，人生第一次踏進單身女孩的住處，好久沒聞到這麼好聞的香氣了。

素曇從房裡拿出了一個比我想像中要小的快遞箱。

「就是這個。」

我猶豫片刻，小心翼翼地打開箱子，最先看見的是幾層氣泡布，隱約可看到裡面包著一個小小的黑色物體。拆開所有氣泡布後，出現的是一個行車記錄器。

有張小小的記憶卡插在行車記錄器裡，素曇拿出記憶卡，正思索要怎麼查看記憶卡中有什麼時，突然驚訝地捂住嘴。

「素曇，妳還好嗎？怎麼了？」

「這個行車記錄器……等等……。」

她仔細觀察收到的行車記錄器好一陣子。

「好像沒錯，這是我爸計程車裡的行車記錄器……。」

「伯父的計程車嗎？是同一個行車記錄器嗎？妳確定？」

「但是這個為什麼會用快遞寄來……。那時因為行車記錄器不見了，才找不到施暴的凶手。」

「什麼？如果這是伯父計程車上的行車記錄器，那麼可能有拍到凶手……。」

「說不定有拍到了凶手的臉，不過這個為什麼會被用快遞寄來？而且是送到我家。」

「會不會是那個叫李真成的人對伯父施暴？在死前想懺悔才寄出來。」

「那麼……如果他真的是殺死我爸的凶手……。你說他也死了對吧？不可以！殺死我爸的凶手不能就這樣逃過懲罰，死得這麼痛快！不可以……。」

素曇一想起父親就激動了起來，對殺父凶手沒付出代價就死了的事實，發出宛如將吐出血般的悲鳴哭喊，我下意識地抱住她：

「素曇，冷靜！我明白妳的心情，不過事情還沒確定。我們還不知道拍到了什麼，先確認行車記錄器裡的影片吧。」

她調整著顫抖的呼吸，稍微平靜下來，整理了頭髮說：

「我知道了，始甫哥……。」

「好點了嗎？我們先確認行車記錄器的影片。」

素曇點點頭說：

「房間有筆電，這邊。」

「啊……那我暫時……失禮一下。」

雖然是廢話，但這也是我第一次進入單身女孩的房間。

素曇的房間非常雅緻、簡潔。一張桌子、一個衣架和一張床，房間的擺設井然有序。可能因為是女生的房間，和我自己住的房間天差地遠。

我們打開筆電，等電腦開啟，那短暫的等待氣氛十分微妙。我和她獨處在不算大的空間裡，高興、尷尬也感到奇怪。開機怎麼這麼慢？我盯著筆電螢幕沒多久，不自主地瞥了素曇一眼，她好像也覺得尷尬，用食指搔著另一隻手的手臂，視線只凝視著筆電。

時間雖然短暫，感覺卻無比漫長，好不容易等到開完機，我們把記憶卡插入筆電，發現文件夾裡有好幾支影片。我們根據素曇的記憶，尋找施暴事件發生的時間，播放了影片。

影片中，有一名看似醉醺醺的男人上了計程車，還有另一名像是要上車的人，不過他讓後座的醉客坐定後就下了車。計程車載著那名醉客出發。從那之後，計程車裡就沒有任何動靜。

在快轉的過程中，我們注意到醉客的動作，於是暫停了影片，重新倒退，從醉客開始有動靜的地方看起。醉客把頭探向計程車駕駛座，皺眉對司機說了些什麼。通常監視器拍不到後座乘客的長相，但因為他這個向前的動作，我們第一次看到了乘客的真面目。

他怎麼會出現在這裡……。

我渾身起雞皮疙瘩，出現在畫面中的乘客就是閔宇直組長。

當時，閔組長的拳頭準確地打中素曇父親的臉，而且是兩拳。素曇父親的頭撞上了方向盤，貌似被打暈了。

閔組長動粗之後下了車，過沒多久又坐進了副駕駛座。素曇父親清醒過來後，又被以拳頭無情毆打，殘忍的模樣充滿著畫面。

我目不轉睛地陷入螢幕裡的畫面，一時忘了素曇，等我回過神一看，素曇用手捂住嘴，無聲地流淚，她的眼神久久無法從畫面移開。我於心不忍，將她拉入懷中不讓她再看下去。這時素曇才放聲大哭，而我只能輕拍她的背安慰。

閔宇直組長……。閔組長果然是犯人。他是為了這段影片才殺了李真成嗎？很明顯，他是為了找這段行車記錄器影片才動了殺意，居然還裝好人騙了我……。人心真險惡。

我想趕緊將這支影片交給金刑警，但金刑警說不定和閔宇直不過是一丘之貉，才這麼袒護閔組長。我該怎麼做？要不要去其他轄區的警局報案？

「素曇，先冷靜下來。我們現在找到凶手了，既然找到了，只要抓到他，伯父在天之靈就能安息。」

素曇，往後我都會一直陪在妳身邊，我是真心的。

我努力想讓素曇冷靜下來，然而她的眼淚仍止不住。

「雖然妳很難受，但慶幸的是我們知道誰是凶手了。等妳冷靜下來，我們一起去警局揭發真相。」

「嗚嗚……有什麼用……。你不是說殺死我爸的人……也死了……嗚嗚……」

「死了？妳說那個穿藍襯衫的男人嗎？不是的，影片中的凶手不是他。」

「什麼？……所以死者……不是他嗎？」

素曇氣到連話都說不清楚，渾身細微地哆嗦著。

「是的，聽清楚了。」

素曇默默點頭，我向她解釋畫面中毆打她父親的人是誰，以及他和事件的關聯。

她聽見計程車乘客是我們第一次見面那天，在警局見過的組長，突然愣住，用充血的眼睛慌張地看著我，這才搞清楚乘客是閔宇直組長。我不忍告訴她閔組長也殺死了李真成，怕她會承受不了打擊，或是好不容易冷靜下來又爆發。

素曇激動地說要馬上去警局報案，我阻止了她。畢竟從現實角度考量，這些警察可能是狼狽為奸，一塊湮滅證據，我們不該貿然去警局報案。報了案，別說不會調查，搞不好會不動聲色地吃案。金範鎮刑警不也一心想幫閔組長嗎？就這麼去報案只會更加危險。

素曇接著說那就去其他地區的警局報案吧，便往大門方向走去，我好不容易攔住了她，這時門鈴聲突然響起。

叮咚。

可能是剛才看了行車記錄器的畫面，我對一切都變得敏感，低聲交代她先確認來者身分再出去，同時確認門外情況。

叮咚、叮咚。

叩！叩！叩！

外頭的人見按門鈴沒回應，敲門也沒回應，放聲問：

「有人在嗎？」

叮咚、叮咚。

「打擾了！有人在嗎？金刑警，啊，不對，組長，好像沒人在，怎麼辦？」

「再喊一次。」

從對話聽來，是金刑警與另一名警察。我將食指放在嘴唇上，示意素曇安靜。她一臉茫然，不明就裡卻也察覺情況不單純，便聽從了我的指示。

「打擾了！有人在嗎？我們是警察。」

叮咚、叮咚。

「我們是銅雀警局來的！有人在嗎？」

「安巡警！好像沒人在家，我們走吧。」

「是，組長。」

接著是警察們走下階梯的聲音。

我猜想金刑警早上確認過快遞託運單，於是找來素曇家。我告訴素曇金刑警有暗中幫助閔組長的打算，原本稍微放鬆下來的素曇露出了害怕神情。

目前看起來金刑警不可信，我必須另外找到能幫忙的人。我問素曇身邊有沒有認識能求助的人，她想了想後搖搖頭。我一時也想不到能求助於誰。素曇陷入沉思，屋裡瀰漫一片死寂。她大概很難接受現在的情況，畢竟無論是從我口中聽到的，還是發生的情況一切都來得太突然。

我留給她獨處的時間，就在此時手機鈴聲傳入耳中。是警局的號碼，卻不是金刑警之前打來的內線號碼……。該接嗎？我考慮了一下，按下通話鍵。

「你好，南始甫先生。」

「這不是南始甫先生的手機嗎？」

熟悉的聲音……是閔宇直組長。一聽見他的聲音，我全身起了雞皮疙瘩，一時嚇得說不出話。

「……。」

「我是銅雀警局的閔宇直刑警，請問這是南始甫先生的手機嗎？」

「是……是的，沒錯。」

「喔，那就好，始甫，你現在方便通話嗎？」

「沒問題，有什麼事嗎？」

「我是因為上次李延佑警衛的事聯絡你……。想問你有沒有想起別的事。」

「喔……還沒有，有的話再打給你。」

「啊！始甫，等等！你現在很忙嗎？」

我只想趕快掛斷電話，但閔組長似乎沒這個打算。

「啊，對，我有點忙。」

「很抱歉，但我很急，你方便抽出一點時間嗎？」

「要見面嗎？為什麼？」

「電話中不方便說，見面後再告訴你，真的很急……。」

「可是我沒空……。」

「始甫，拜託了，見個面吧，今天一定得見面，真的沒時間了，拜託。」

「怎麼辦呢……我等等打給你。」

閔組長為什麼這麼突然要見面？難道他察覺了？他是知道我找到了行車記錄器才約我見面嗎？時機未免太巧，偏偏在這時候……。真不知道去警局報案是不是正確的決定。

他在跟蹤我嗎？外面會不會有警察守著？糟糕了。要是素曇的處境也變得危險怎麼辦？和素曇一起行動是對的嗎？還是先讓她躲到安全的地方再報警？

各種憂慮讓我的大腦一片混亂，一想到金刑警和閔組長可能傷害素曇，頭開始一陣陣抽痛。我得想出辦法才行。為了保護素曇，我必須先把警察引誘到別處，再將素曇送到安全的地方。

「那個，素曇。」

素曇皺眉看著陷入沉思的我，好奇剛剛那通電話的內容。

「始甫哥，是誰打來的？你為什麼這種表情。」

我猶豫片刻，把通話內容與我的想法全盤告訴了她。雖然不確定事情的走向會變得如何，但該怎麼做並不是我一個人能決定的。素曇靜默地點點頭。我回撥給剛剛打來的號碼。

「喂？我是銅雀警局重案二組的閔宇直刑警。」

「我是南始甫，請問，能和金刑警一起見面嗎？」

「金刑警？你指哪位金刑警？」

「那個金……什麼鎮……。」

「你說金範鎮刑警嗎？為什麼要約金刑警？」

「這個嘛……。」

「始甫，很抱歉，我希望只和你單獨見面，到時候會告訴你原因，金刑警現在在調查其他案件，不在局裡。他和這起案件也沒關係。」

「啊……這樣啊。那麼你找到包裹了嗎？」

「包裹？什麼包裹？」

聽到閔組長的困惑的聲音，我在心中暗叫一聲「哎呀」。

「啊，沒事。」

「南始甫先生，你有見過金刑警嗎？包裹又是指什麼？」

「沒有，可能是我搞錯了。那麼我們在明振補習班門口見，我現在在這。」

「好，知道了，我到了再打給你，謝謝。」

「好的，你慢慢來……。不，來的時候路上小心。」

掛斷電話我忍不住嘆氣，太慌張了導致失誤連連，差點就出事了。

能肯定的是，閔組長不知道包裹的事，也就是說他並不知道金刑警在調查什麼。不過，也有可能是裝傻。既然爭取到一點時間，我必須盡快將素曇送去安全的地方。

我們商量後決定去我爸媽家，想來想去就只有那裡最安全。我說服素曇，如果想向其他警局報案，就得住在我爸媽家一陣子。可是，素曇堅持自己也要加入調查，經過了一番爭執才好不容易說服她。

第4話

看見屍體的原因

我觀察了周遭之後才走出屋外，幸運的是沒有任何可疑人物。打電話叫素曇出來後，我們牽著手不顧一切地衝到大馬路旁，攔了輛計程車。

「素曇，現在沒事了，剛才很害怕吧？」

「始甫哥，那個警察真的殺了……」

「有其他人在，小聲一點。」

我靠近她低聲叮嚀，萬一被計程車司機聽見，搞不好會引起誤會。

「啊，好，我知道了。」

素曇看了一眼計程車司機的表情，壓低聲音說：

「如果是閔組長殺了我爸，他會不會是因為想找證據才殺了那個叫李真成的人？」

「對，也許是那樣……。啊，也有可能不是……。」

這是我刻意隱瞞素曇的部分卻不小心露餡了，真是糟糕。

「真可怕，因為這個行車記錄器竟然鬧出人命……。現在該怎麼辦才好？我會不會也有危險？」

「當然不會，不用太擔心，妳會沒事的。素曇，我會陪著妳。」

「但是……說不定你也會因此發生危險，我們還是報警比較好吧？」

「說的也是……其實我也不知道怎麼做才是對的。」

「對不起，都怪我……。」

「不，素曇，真的不是那樣，我這麼做是因為我喜歡。」

今天講話特別不經大腦。

「因為喜歡嗎？」

「就是……不……啊，等等，有電話……。」

關鍵時刻，手機在絕妙的時間點響起。這樣也好，逃亡路上告什麼白，差點害雙方都尷尬。雖然是沒看過的號碼，但我抱著慶幸的心情接起：

「喂？」

「是我，閔宇直刑警。」

不出所料，是閔組長。

「啊，閔組長，你已經到了嗎？」

「對，我在補習班正門口。」

「那……怎麼辦呢？我現在……」

「怎麼了嗎？」

「很抱歉，我突然有急事，要去別的地方一趟。」

「什麼？你要去哪裡，我過去找你。」

「喔……抱歉，我之後再聯絡你。」

「始甫，真的很抱歉，但是我真的沒時間，今天一定要見一面，好嗎？」

「那個……我也是突然……不好意思，今天可能不方便，明天我會早點聯絡你。」

「不要明天，今天就算再晚也和我見個面吧，拜託。」

「對不起，今天真的……如果明天你不方便，我們另外再找時間……」

「不，不是的。我知道了，那明天早點見面吧，明天一定要見面！拜託了。」

「好的，那麼我先掛電話了。」

我微微嘆了口氣看向素曇，她疲憊地將頭靠在椅背上望著窗外。

「素曇，是閔組長打來的。妳應該很累了，睡一下吧，記得打給啤酒吧那邊請假。」

「啊，對喔，我忘了。」

「請完假可以睡一下，還有一段距離。」

之後，我們就不再說話，車子從首爾開進京畿地區時素曇才睡著。雖然沒有說出口，但她受到的打擊之大可想而知，加上沒好好休息，肯定累壞了。看她開始點頭打盹，於是輕輕地讓她將頭靠在我肩上，她發出微微的呼吸聲，進入夢鄉。

到了老家，素曇還沒醒來，我雖不願打斷她的好夢，但總不能賴在計程車上，不得已地輕輕搖晃了她的肩膀。她伸了伸懶腰後睜開眼。

「已經到了嗎？我睡太熟了？對不起。」

「沒有，沒關係。」

「謝謝你，始甫哥，快下車吧。」

我們下了計程車，走到草綠色大門前。

「這裡是我爸媽家，他們現在不在，妳不用太緊張。」

「他們出去工作嗎？」

「對，他們在小學門口經營一家小吃店，晚上很晚才會回來。我爸媽不是可怕的人，不用太緊張。」

「原來如此……。你家好漂亮喔。」

「是嗎？我爸一直說想要在有庭院的房子養兩隻狗，後來就買了這間房子。只差沒養狗了。」

「哇，好多花。」

「我媽喜歡花，還開了一個ＩＧ帳號來放花的照片，哈哈。」

「真的嗎？好潮喔，真羨慕。」

「喔……妳不餓嗎？」

雖然這些都不是什麼大事，但在素雲面前提到家人本身就是在炫耀，我連忙轉移話題。

「嗯，我其實肚子很餓。」

「不介意的話，要不要吃泡麵？」

「好啊。」

「那妳等一下，在這裡看電視吧。」

做菜就算了，但泡麵還是沒問題的。我的泡麵手藝可是連老媽都認可的，老爸也是從以前就讚美我很會煮泡麵。不過，我快高三的時候才發現那是因為他懶得自己煮，有心養成工具人，才會不斷稱讚我煮的泡麵好吃。我也真夠後知後覺。

素雲咀嚼彎彎曲曲熟透的麵條，豎起大拇指。我們吃了泡麵後意猶未盡，還將白飯泡到剩下的湯裡吃光，才滿意地放下湯匙。

正在洗碗的時候，我聽見外頭的開門聲，放下了正在洗的鍋碗跑向玄關。坐在沙發上的素雲也詫異地跟出來。

「咦？有人來了嗎？門怎麼開著。」

「對耶，是兒子回來了嗎？」

「對，媽！我回來了。你們還好嗎？」

「你怎麼會回來？也不先打個電話，怎麼了嗎？」

「不是啦，那個……」

「咦？後面那位是？」

「爸，她是……我的補習班同學。」

「您好，我叫姜素雲。」

「喔喔，這樣啊，歡迎歡迎，你們是補習班同學？」

老爸用微妙的眼神看著素雲問。

「爸！我不是已經說了她是同學。」

「喔，我又沒說什麼。」

「老公，誰叫你用那種眼神看人家。」

「哎呦，我哪有啊……真是的。」

「餓了吧？還沒吃晚飯吧？」

「我們剛才煮泡麵吃了，你們今天怎麼這麼早回來？」

老爸故意開我玩笑：

「怎樣？我們妨礙到你們了嗎？」

「吼喲，才不是，爸你幹嘛故意這樣？」

「你才幹嘛這麼敏感？」

「爸！」

「知道了，知道了啦，呵呵，真是的。」

老媽輕輕推了推老爸的背說：

「今天客人很多，食材早早就賣光了，真神奇，可能是知道我兒子今天要回家，想讓我早點回家，呵呵。」

「真的嗎？太好了。」

「不過，你怎麼可以請客人吃泡麵啊？唉，男人就是這樣，同學妳等一下，我去拿點水果出來，妳先吃水果。」

「不用麻煩……。不用了，南媽媽，沒關係的。」

「天啊，南媽媽？這樣叫我真開心，呵呵呵，沒關係，妳先吃水果，我晚餐做好吃的給妳吃。妳是我兒子的客人，我一定要做點好吃的招待妳。」

「對啊，我媽廚藝真的很好。嘿嘿，媽，我拭目以待喔！」

雖然素曇的表情很尷尬，但老媽莫名興奮，我只好順勢附和了一下。這樣的氣氛好像還不錯，素曇也稍稍露出微笑。

「喂，兒子，你到房裡來一下。」

「什麼？要幹嘛？」

老爸低聲喊我，什麼都沒說就進了房間，我跟進去後，他關緊了門低聲問：

「兒子，她真的不是你女朋友？」

「唉……我都說不是了。是同一間補習班的同學。」

「是真的吧？知道了。不過你回家有什麼事？不是快考試了。」

「素曇住的考試院出了些問題，需要地方暫住幾天，我才帶她來的。我們沒有其他關係，不要反應太誇張，好嗎？」

「我哪有誇張……。知道了，你們不是同一家考試院？」

「不是，她住在只租給女性的考試院。」

「好，知道了，但是……」

老爸似乎還有話要說，卻又喃喃自語「算了」，將到嘴邊的話吞了回去。我雖然很好奇，但感覺是關於素雲的事就沒繼續追問。

我和老爸走出房間，素雲站起身，模樣看起來徬徨無助。她原本想幫忙擺餐桌，但老媽說「不能讓客人做事」，於是素雲不知該如何是好，只能孤零零地待在客廳。老爸一言不發地走到客廳打開電視。素雲和我呆坐著，尷尬地打量周遭。

要不要帶素雲去我的房間？不行。爸媽他們都已經在懷疑了還帶進房間，搞不好會造成更大的誤會。要不跟老爸搭話聊個天？正巧我瞥到電視櫃上爺爺與老爸的合照，要不拿爺爺當話題？我觀察老爸的臉色，若無其事地與盯著電視一臉嚴肅的老爸搭話：

「爸，你之前說那張照片是什麼時候拍的？」

「哪裡？那張照片嗎？」

「嗯，你和爺爺的合照。」

「嗯……是我八歲國小的開學典禮拍的，我也只有這個年紀有跟他合照過。」

「這麼說來，你很少提爺爺的事，只說他被派兵到越南，然後去世了。」

「對，沒錯。在我小二的時候，他被派去參加越戰，之後就沒見過他了。」

「爺爺是職業軍人吧？」

「對，他入伍後就沒離開過軍隊。真不該一直留在那的……。」

老爸看著照片，沉浸在回憶中。

「那你對爺爺沒什麼印象吧？」

「對啊，到小二之前還是有一些印象。雖然當時我很小，可能是因為我對你爺爺只有那時候的記憶，所以每件事都記得很清楚。我記得他很疼我，偶爾會指著空空的地方問我有沒有看到什麼，我每次都說沒有。我也是真的什麼都沒看到。每次我這樣回答，他都會高興地用力抱住我。」

聽到老爸這段話，我瞬間想起了最近發生的事。

「……。」

我緩慢地轉過頭看向老爸，問道：

「你說爺爺問你有沒有看到什麼？」

「對啊。我回他沒看到，他又問我田邊的水溝裡有什麼，水溝裡哪會有什麼東西，就是水溝啊。所以我回他『水溝』，他又追問還有沒有看到別的東西。」

「那你怎麼回他。」

「我想想，我那時回了什麼……我當時猜想水溝裡有可能會有青蛙，就回了『青蛙』。他就很高興，心滿意足地抱住我。真無聊。」

「爺爺時常這樣嗎？」

「沒有。嗯，他問了幾次後就沒再問了。這麼看來，你長得像你爺爺，個性也像他的翻版。」

「我嗎？我只看過他的照片，不太確定……。」

「黑白照片當然看不出來。他皮膚很白，聽你奶奶說他個性很隨和。」

「爺爺是參加越戰，在戰場上去世的吧？」

「那個……反正現在應該可以說了。其實他不是在戰場上去世的。他參加越戰之後，精神變得不正常，住進了精神病院，在那裡自殺了。」

「啊？真的嗎？」

「對，你奶奶說他們婚後，他有時會很反常，說自己看到奇怪的東西。是說死人嗎？也會說自己看到屍體。但因為真的很偶爾才提一次，你奶奶也不當一回事。他去越南的時候變得很常說自己看到屍體，神經衰弱得很嚴重。」

「看到屍體？爺爺說的嗎？」

「準確來說是他出現了幻覺，其他人看不到的屍體，只有你爺爺自己看到，所以才被強制送入精神病院。我聽說他在那裡神經衰弱症狀沒有好轉，而且惡化得更嚴重，最終自殺了。」

「爺爺看見了屍體……那就不是只有我……。」

爺爺和我一樣都能看見屍體。他之所以反覆問老爸，是為了確認是不是只有自己看得到，確定老爸看不到才會鬆一口氣吧。

「你說什麼？」

「沒有，沒事。」

「我不提你爺爺的事就是因為這樣。你還小時，我希望你能覺得爺爺是個帥氣的人，但你現在長大了，應該能理解了吧？」

「當然，我可以理解。當然可以。」

這時，素曇低聲關心我：

「始甫哥……。」

「沒事。」

她擔心地看著我，眼神透露出她正煩惱是否該對老爸坦承我的狀況，我微微搖頭。因為要是老爸老媽知道，肯定會很擔心。我示意她不要說出來，她明白我的想法之後點了點頭。

我們圍坐在餐桌前，吃著老媽精心準備的菜餚。家裡是四人餐桌，每次吃飯都空一個位置，但今天座無虛席，有種被填滿了的感覺。

「你吃完飯就回去吧。」

「什麼？爸，我會留下來住幾天，我剛才不是說過了。」

「不用了，這裡有女孩子在，你就直接回去。你住的考試院又沒有出問題。」

「老公你幹嘛這樣，晚點再說吧。」

「考試剩沒幾天了，沒時間了。你不用擔心這位小姐，回去認真準備考試。」

「不是吧……。好啦，我明天一早走。」

「我叫你吃完晚餐就回去。」

「老公，太晚了，讓他睡一覺，明天再送他回去吧？」

「如果你有將這次考試看作背水一戰，那就算是一分一秒都很珍貴。考上以後，你想做什麼就做什麼。今天就先回去。廢話少說。」

我用眼神向老媽發出求救訊號，但她比誰都了解老爸的執拗，無奈地撇頭，迴避我的眼神。

「知道了。」

吃完飯後，我離開了家。老爸是不是懷疑我和素曇的關係，才急著送我走？雖然很在意，但也想不到法子說服固執的老爸。我安慰出來送我的素曇不用擔心，把這裡當成自己家好好休息，但其實最放不下心的是我自己，遲遲邁不開步伐。

「你沒事嗎？要不要我們一起回首爾？」

「不用了，妳留在這我才放心，明早我會立刻去警局報案，看情況再聯絡妳，別擔心。」

「要不要告訴伯父伯母，請他們幫忙？」

「我也想過⋯⋯。但我怕他們會擔心我的安危⋯⋯。」

「喔，沒錯，這件事跟你無關，是我的事⋯⋯。對不起，始甫哥。」

「不是這個意思，我沒關係。我不是說過了嗎？我會保護妳。妳進屋吧，再聊下去，我會趕不上末班車。快進去。」

「始甫哥，真的沒關係嗎？」

「報了警，事情就能迎刃而解。妳快進去，明天再聯絡。今晚別多想，好好休息。」

「謝謝，路上小心，到了記得說一聲。」

「好，那我走了。」

凌晨十二點零四分，末班車好不容易到達了鷺梁津站，不知不覺地又過了一天。由於是最後一班地鐵，下車的乘客很少。心情既複雜又鬱悶，我仰望天空，一輪明月映照大地，我欣賞了一陣子月亮後才低下頭，緩步走向地鐵站出口。

有個人躺在月台長椅前的地板上，嚇了我一大跳。心想他大概是流浪漢吧，正打算裝作沒看見，但是走在我身後的醉漢卻像是將他當空氣似地，一屁股地坐上長椅。那個人躺在醉漢的腳前，毫無動靜。當我經過那名流浪漢時，醉漢恰好一腳踩上他的身體，站了起來。

……怎麼回事？

踩人的和被踩的都若無其事。醉漢似乎不覺得腳下有異物，搖搖晃晃地踩過流浪漢身上，不，準確來說不是踩到，而是彷彿空無一物似地走了過去。

這難道……又是只有我看得見的超自然現象？這名流浪漢也是屍體？我調整呼吸環顧四周，內心其實很想避開他，但無法像過去一樣當作沒看到。我下定決心走到長椅附近，仔細觀察倒在地上的流浪漢。

「嚇！」

怎麼回事？為什麼？他為什麼會在這裡……。倒在地上的不是別人，正是閔宇直組長。閔組長為什麼血流滿地，倒在這種地方？應該不是真的屍體吧？我必須確認他是現實世界的屍體，或是超自然現象中的屍體。

我慌亂地撥電話給閔組長，手機傳來等候接通的鈴聲，但閔組長倒下的地方卻沒聽見電話響起的聲音。鈴聲不斷卻遲遲無人接聽，在我正要掛電話的瞬間，手機那端這才傳來回應：

「喂……？」

「閔組長，我是南始甫。」

「喔……始甫！」

「啊，這麼晚了……。你睡了嗎？」

「我不小心睡著了，有什麼事嗎？啊，我們現在能見面了嗎？」

「不是的，我是打給你想約明天見，很抱歉這麼晚打擾到你。」

「不會，謝謝你主動打來，明天我一早就會過去補習班，在那碰個面可以嗎？」

「那麼明早九點補習班門口見。」

「九點嗎？好，謝謝。我到了再打給你。」

「好的，你小心……不，沒事，晚安。啊哈哈。」

「好，你忙吧。」

電話就這麼掛了。閔組長還活著，也就是說閔組長以後會死？但閔組長這個時間為什麼會出現在這裡？該不會是被警察追捕才會……？沒錯，法網恢恢，疏而不漏，閔組長最後也難逃制裁。

在這種情況下，我該去見閔組長嗎？從談話的感覺來看，他似乎不是因為行車記錄器約我見面，也像是還不知道我與素曇看過了記錄器的畫面。

我打算先見過閔組長，再決定下一步怎麼做。不管怎麼說，既然確定了閔組長會死，見他一面也不會有問題吧。得親自見一面才知道他到底想說什麼。

離開前，我再次查看了閔組長倒下的地方。腿上一槍，胸部兩槍，流出的血將周圍的地面染紅，而閔組長手中沒有拿槍，也沒有其他武器，是在毫無防備的情況下被追捕，結果中槍嗎？閔組長也是警察，應該有配槍才對……。

血沿著閔組長的嘴角流下，死不瞑目的模樣令人慘不忍睹，我不自覺地捂上嘴。死亡竟是如此地虛無與悲慘。

「嗯……咦？」

閔組長的眼珠裡反映出某個形體，但覺得好像有哪裡怪怪的。眼裡映照出來的應該是我卻不像我，而是別人。為什麼會是別人……難道是閔組長死前看見的影像也如實反映出來了？那個人身穿便服，看起來可能是追捕閔組長的刑警。

搞不好李真成的眼睛裡也能看到些什麼？沒錯，如果我去看一下李真成的眼珠，也許會找到線索。若真是如此，李警衛的眼睛裡應該也……？眼中的影像可能是死前最後看到的情景，或是殺了他們的人。

「太扯了。」

等等，這個意思是？心中疑問倏然解開。假如我的推測是對的，我就能確認閔組長究竟是不是真凶。

我想試著重新喚起回憶，卻只讓自己頭痛，什麼也想不起來。我抱著一絲期待，打算天亮就去發現李真成屍體的地方重看一次幻象。如果能看到李真成眼中的倒影，只要再確認李警衛眼中的倒影，也許能推測出什麼。

明天要做的事變多了，我覺得自己像是從公務員備考生，搖身一變成了刑警。我竟然會擁有這樣的能力。用「能力」這種正面詞彙來形容是對的嗎？還是說，我會像爺爺一樣，被當成精神異常呢？

再說，我找到的證據是否有助破案仍是問號。儘管閔組長與金刑警相信我，但這些是會被法庭採納的破案證據嗎？因為無法證實這些證據真實存在，有可能不被採用；不過，我希望自己所見能成為找到破案線索的微小指引，成為助力。

我爬上前往出口的樓梯，走到一半，突然頭暈目眩，眼前景象變得模糊，我連忙抓住樓梯扶手，勉強撐著身體，努力讓自己保持清醒。這時我看到有人倒在前面的階梯上。是醉漢嗎？好眼熟的身形，那套衣服好像也在哪見過……啊，實在太暈了，在我就要倒下之際……。

對，沒錯。倒在前面的那個人……。

是我。當我意識到眼前的人就是自己，下一刻便昏了過去。什麼都聽不見。是因為四下無人才會這麼安靜的吧。

我為什麼會倒在這裡？倒在這裡意味著……我死了？我也很快就會迎來死期嗎？我想再次確認卻睜不開眼。就在此時，有人用大嗓門對我吼著：

「年輕人！喂，年輕人！喝醉了嗎？沒酒味啊……。年輕人，打起精神，地鐵站的門很快要關了，年輕人！」

「啊呃！」

「唉呦，嚇我一跳。」

地鐵站的站務大叔搖晃著我，反而被我嚇到，揮舞起雙手。

「啊……大叔，抱歉，我沒事了。」

「什麼跟什麼啊？你在睡覺嗎？」

「不是的，我只是暫時昏了過去……。現在沒事了。」

「是嗎？真的沒事？」

「對，我沒事，謝謝。」

「那就好，這裡馬上就要關門了。」

「啊，好的，我馬上出去。」

「好，休息一下就趕緊出去吧。」

多虧站務員大叔的呼喚，我才好不容易清醒過來。待大叔離開後，我環顧周遭，想看看倒在地上的「我」，但發現已經憑空消失了。那真的是我的屍體嗎？會不會是我看錯……？可是那具屍體擺明了就是我沒錯，而且我一看到就暈了過去。

這麼一想，似乎能推斷我之所以會暈倒的理由。那時候我一看見素曇屍體就馬上暈了過去，撞見李警衛上吊後也失去意識，還有剛才看到自己的屍體時也是……。可是，為什麼看見藍襯衫男人屍體的時候卻沒有……？

「該不會？」

當時那個男人就在現場。我很可能曾與那個男人擦身而過，但當下並不知道。對，絕對是這樣沒錯！只要我有在出現超自然現象的地方見過當事者就會暈倒，只有這樣才能解釋，為什麼我剛才看到閔組長的屍體後沒有失去意識。

那麼，會看見屍體是不是也有某種規則呢？我想閉上眼整理思緒，但這時候頭又痛了起來。我只感受得到強烈的頭痛，什麼都看不見。繼閔組長之後，這次我見到的是自己的屍體……。

「年輕人！你怎麼還沒走？」

「啊！抱歉，我馬上出去，對不起。」

因為必須趕緊離開地鐵站，加上頭痛的影響我無法再繼續回憶。我不得已地離開車站，仔細整理至今為止發生在我身上的事。

地鐵站和考試院相距一段路，我走到腳掌和小腿開始刺痛。一大早開始就無法放鬆精神，導致我現在又累又睏，還得再走一站的距離……我猶豫著要不要搭計程車，但都走到這裡了也捨不得花那筆錢，於是繼續走下去。

我仰望夜空，明亮的月亮被濃密的黑暗籠罩。我抄捷徑走進了小巷內，夜晚的小巷比想像中更黑暗嚇人，有很多地方都沒設置路燈，我不禁感到後悔，萬一又看到屍體怎麼辦？我被自己多餘的想像嚇到渾身發抖。

這樣下去可不行，我不顧一切地狂奔，像是被什麼東西追趕般，無念無想地拖著疲憊的身體向前跑。

當我跑進最後一條巷子時，總算看見心心念念的考試院，而考試院前的路燈一如既往地亮著。

可是安心也只是暫時的，在我要跑出小巷盡頭時，看見前方出現了一道濃密的黑影。我瞬間停下腳步，呆望著那個龐然黑影。雖然害怕，但我得經過那裡才能回到考試院。

我慢慢地往前走，隨著我與那個黑色物體的距離縮小，它看起來也逐漸變小。是因為它的影子被考試院前的路燈燈光照射，才變得龐大。當那個物體映入眼簾時，我猛然煞車。

哇靠……。

是屍體。儘管天色黑看不清楚，但躺著的人的臉龐有著一大片像血一樣的東西。我分不清眼前的是超自然現象，還是現實中發生的事，鼓起勇氣靠近。原本希望只是幻象，但這次好像不是，他和之前看過的屍體不太一樣。

是現實中真的死了人嗎？

事到如今，我反而希望是超自然現象。仔細一看，倒在地上的是考試院總務。我皺起眉頭，想看得更清楚些。

「呃啊！」

我險些被嚇得倒頭栽，總務突然翻身，嗖地動了起來。我鬆了一口氣，雖然驚訝但也感到放心。他還活著，不是屍體。但是他怎麼會倒在路上？

我走向前仔細一看，總務的鞋被脫下，整整齊齊地擺在一旁，就連襪子都好端端地放在鞋裡。從遠處看起來像血的東西，其實是總務親手做的巨大蔥餅。看到那張蔥餅的瞬間，我突然有一股想動手扁人的衝動。我站在他旁邊，這才聞到了濃濃的酒味，應該是喝醉後把這裡當房間睡死了。

不管我怎麼搖晃喊叫，喝得爛醉的總務就是不醒。雖然不是寒冷的冬天，很想乾脆將他扔在這，但又擔心他睡在外頭不知道會出什麼事。光我一個人扛不動塊頭大的總務，最終請來考試院的保全大叔，兩人合力將總務搬回他的房間。

我拖著疲憊的身軀，好不容易回到房間，癱倒在床上，感覺下一秒就要昏睡之際，聞到了不知從何處傳來的難聞氣味。氣味瀰漫在房間四處，睡意敵不過那股氣味，我勉強起身開燈一看，我的肩膀和背上沾上了東西。我脫下上衣聞了聞，忍不住作嘔。

為了洗去身上的味道，我連忙脫下衣服沖澡，洗乾淨身體，也洗了沾上味道的衣服，總算能舒服入睡。我重新躺回床上，時間已經是凌晨兩點十一分。真是操勞的一天。

滴哩哩哩哩、滴哩哩、滴哩哩哩哩哩、滴哩哩。

睡前忘了將鈴聲調成震動，吵死人的鬧鐘聲逼我睜開眼。我拿起手機想按掉鬧鐘，然而畫面顯示的卻不是鬧鐘，而是有人來電。

「啊，對了……。」

是閔宇直組長打來的。我一看時間，已經過了上午九點，原來我睡死了，沒能聽見鬧鐘聲。

我在半夢半醒間接起電話。

「南始甫先生，我是閔組長。」

「……。」

「我現在在補習班前面。」

嗓子沙啞得說不出話，在我清喉嚨的時候，手機另一端又傳來閔組長的聲音。

「始甫，你在聽嗎？」

「……是的，你好。」

「我在補習班門口，你要下來嗎？」

「不好意思，組長，我睡過頭了，請等一下……。」

「喔，這樣啊，那我去找你吧，你在哪裡？」

「我在考試院……。你知道鷺粱津考試院嗎？」

「啊，知道，我到的時候打給你。」

「謝謝，我會盡快起床準備好。」

「不用謝，等會見。」

我掛上電話之後，快手快腳做好外出準備後，坐在床上等閔組長的電話，但突然改變心意，打算用等電話的時間，先去超商吃點東西墊肚子，於是出了門。

當我正要走進考試院旁的超商……。

「嘿，始甫！」

我以為閔組長已經到了，轉頭一看，站在那的是金範鎮刑警。

「你住考試院啊？」

此為原文書封

預計2024/01出版

在那開滿花的山丘，我想見到妳。在那流星墜落的山丘，終與你相遇（暫定）

汐見夏衛／著

日本史上最催淚的青春小說！累積銷售超過50萬本！
改編電影即將於2023年12月搬上大銀幕！

國中二年級的百合，過著覺得母親、學校的一切都很煩的生活。和母親吵架後離家，再睜開眼時，她來到七十年前、戰爭時期的日本。百合被偶然路過的彰所救，在與他生活的日子中，漸漸被彰的誠實與溫柔吸引。然而，他是一名特攻隊隊員，之後的命運是要賭上來日無多的生命飛往戰地——。而後，百合偶然間知道了彰真正的心意……。

時光荏苒，百合最終回到了自己的時代。經歷過殘酷歲月的洗禮，她變得比從前更加隨和且惜福。儘管如此，失去彰的痛楚仍讓她揪心不已。某天，一位轉學生突然出現在百合眼前，她一眼便認出來，那人就是轉世後的彰——

汐見夏衛／著

將我的永遠全都獻給妳

請不要忘記，世界上有那麼一個人，一個只要妳活著，就感到幸福的人。

遭家人、同學苛待，失去生存意義的少女・千花。在被日復一日的絕望擊潰的雨天裡，一位不可思議的少年・留生出現在她眼前，為她撐起了傘，並輕聲留下一句：「——終於找到妳了……」

男孩陪伴在千花身邊，用溫柔融化了她封閉的心。但兩人之所以能相遇，背後竟隱藏著跨越悠久歲月的悲劇宿命——

日本邁向第十刷！
網友一致推薦的純愛之作！

此為原文書封

汐見夏衛／著　預計2023/10出版

永別了 說謊的人魚公主（暫定）

圍繞著生與死的揪心戀物語

總是以輕飄飄笑容示人的綾瀨水月，在班上向來是特立獨行的存在。坐在她前面的，則是和誰都不來往，形單影隻的怪人・羽澄想。宛如浮萍般漂泊在世上的兩人，因某個契機而開始越走越近。但現實卻遠比想像中更加殘酷

《你在月夜裡的閃耀光輝》作者佐野徹夜推薦!!
汐見夏衛再次突破自我！
青春小說頂點之作！

日本新生代推理作家——結城真一郎

此為原文書封

預計2023/08出版

失眠計畫

PROJECT INSOMNIA（暫定）

夢公司因成功開發特殊助眠藥物而獲利驚人，開始進行一項極機密的人體實驗。獲選的7人年齡、性別與背景各異，在為期90天的實驗中透過共享夢境一起生活。然而夢境與現實的界線卻愈來愈模糊，震驚社會的分屍案、大量口徑不合的子彈，以及沒有止境的殺人預告。層層疊疊的連鎖惡意背後究竟藏著什麼祕密？

繼大賣20萬本的《#我要說出真相》後又一後勁超強的懸疑推理反轉神作！

此為原文書封

預計2023/11出版

無名之星的悲歌

剛畢業的新進銀行員工良平和夢想成為漫畫家的健太，兩人私底下從事一份祕密工作——經營出售記憶的「商店」。某天兩人在街頭的現場演唱中遇到了流浪女歌手星名，被她的歌聲和代表歌曲《星塵之夜》的歌詞所吸引，於是試圖找出其中的祕密。當眾多謎團一一解開，美麗卻殘酷的真相浮出了水面……。

榮獲第五屆新潮推理大獎！
評審、讀者一致好評的青春推理小說！
日本推理界新星備受期待的出道作！

李書修／著

平台家族

**「照亮我人生的那道光……
就是錢吧。」**

秀敬因為險遭性侵而遞出辭呈，變得足不出戶。然而，這個家正面臨著緩慢，但明顯下沉的不安與貧窮。「有些憤怒會被迫平息，被貧窮現實搞得連顯露出來的機會都沒有。」於是在全家失業四個月後，她決心做出改變……。

**雙文學獎得主探討勞工現實的最新力作
YES24書店9.6分極高評價
台韓各界學者/名人專文推薦**

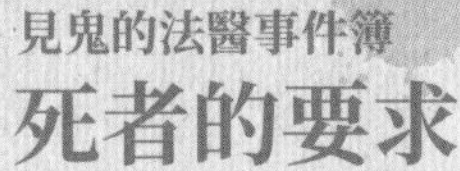

見鬼的法醫事件簿

死者的要求

蜂蜜醬／著

偶爾看得到鬼魂的法醫白宜臻，
為了避免被糾纏，常常裝作沒看見，
然而某天的解剖室裡，
卻出現了她再也無法忽視的「人」。
為了解決接連冒出的靈異事件，
擁有時靈、時不靈陰陽眼的她，
只好以法醫專業替死者發聲、找出真相，
追查案件的過程也讓她與世界有了聯繫。

**PTT媽佛板被推爆的小說正式出版！
獨家收錄未曾公開發表的番外篇！**

預計2023/08出版

看見屍體的男人I：起源

空閑K／著

**YES24書店 好評直逼滿分！
NAVER網路小說 實力評選TOP5！
粉絲狂推 絕對要出版 之作！**

為什麼這些屍體，只有我看得到？

某天，南始甫發現了倒在路上的屍體，趕忙向周遭求助，但其他人似乎都看不到屍體，反而覺得他是怪人而紛紛走避。而後警察到了現場卻因為找不到屍體，將他以報假案為由帶到警局。正當狀況折騰又混亂，他卻又在警局廁所裡撞見了另一具屍體──而且同樣只有他才看得到！南始甫逐漸意識到，接連看到的可能不是真正的屍體，而是基於不明原因出現在眼前的未來預言……。

出刊日：2023年8月1日

台灣東販快訊

為讀者開創不受限的閱讀體驗

2023年出版預告

又一部在PTT媽佛版推爆的小說《見鬼的法醫事件簿》
2023年東販懸疑類重點小說──《看見屍體的男人》
日本累積銷售超過50萬本的汐見夏衛·青春三部曲
韓國各大網路書店給予近滿分評價的《平台家族》

台灣東販FB

台灣東販官網

「喔……對，金刑警你早。」

「早安。」

「你怎麼會來這裡？」

「我在巡邏，正巧看見你，很高興所以叫你一聲。」

「你一個人嗎？」

「不，我的組員在那輛車上。」

「閔組長沒一起來嗎？」

「閔組長？你說閔宇直組長嗎？」

「對，我想說你們是不是一起……」

「不是的，我和組長不同組，怎麼了嗎？」

「喔，沒什麼，我只是以為你們會一起行動。我還有約，先走了。」

想到和閔組長約好見面的事，頓時感到忐忑不安，於是想趕緊結束對話。這時，金刑警卻再次叫住我，說道：

「幹嘛這樣！始甫，你很忙嗎？幹嘛這麼急，既然遇見了就聊幾句吧。」

「聊什麼？」

「我想問昨天的事，你有沒有想起什麼。」

「昨天？啊……對，我有試著回想過了，但……很抱歉。」

「幹嘛抱歉？沒關係啦。啊，對了，還有昨天的那張紙，是包裹託運單沒錯。」

「喔，這樣嗎？原來如此，啊哈哈……。」

怎麼辦，該現在說出實情嗎？還是先和閔組長見面再說？

「我去過包裹上寫的收件人地址，但沒有人在家。昨晚又去了一次結果還是一樣。沒辦法，看來只能多跑幾次。」

「這樣跑一定很累，其實不去也沒關……我的意思是，應該不重要吧。」

沒錯，現在還不知道確切情形，先觀察為上策。

「聽你的語氣還真像個刑警。真的不重要嗎？但還是得確認比較好不是嗎，始甫？」

「當然，的確應該確認，哈哈……。」

「喔，抱歉，我太咄咄逼人了吧。以後想起什麼請一定要聯絡我，知道嗎？你快進去吧。」

金刑警向我道別，走到停在對面的汽車並坐進副駕駛座，我進到超商後車子仍停在原地，直到我轉身看才發動開走。我確認車子已經離開之後，拿著三角飯糰去收銀台。工讀生不見人影，我正四處張望，閔組長突然走進超商。

「喔！閔組長，你怎麼知道我在這裡……啊，你是來買東西的啊，啊哈哈。」

「南始甫，你還沒吃早餐吧。走吧，我們去吃早餐。」

「沒關係，我吃這個就夠了。」

「把飯糰放回去吧，前面有一家好吃的血腸湯飯店，快。」

「真的沒關係……。你不是進來買東西的嗎？你怎麼知道我在這裡？」

「我路過看見超商就進來了。」

我將手中的三角飯糰重新放回架上，隨閔組長走出超商，閔組長一言不發地帶頭往前走，不知道在想什麼。

到底是要去哪一家血腸湯飯店？我們途中經過一家血腸湯飯店，但組長仍自顧自地往前走。他說的不是這家？我安靜地跟著，但走了老半天，始終沒看見其他的血腸湯飯店，我莫名地開始感到不安。是剛才有經過但沒注意到嗎？還是……他想帶我去奇怪的地方？

在我煩惱要先搭話還是乾脆逃之夭夭之際，閔組長轉頭道：

「就是這，在這條巷子裡。」

「原來這種地方有血腸湯飯店啊，我第一次知道，每天都經過這裡卻沒發現。」

「是嗎？哎，這家超好吃的！很有名。現在知道就好了。哈哈，進去吧。」

雖然是每天都經過的地方，但因為在巷子裡所以不曾注意到。血腸湯飯店的招牌上寫了「四十年傳統老店」，看起來相當有名。不過外頭看上去不像老店，大概重新裝修過。

一進到店裡，就看到牆上有著如何品嚐美味血腸湯飯的詳細說明。閔組長先坐了下來，然後叫了我：

「始甫，過來這裡。」

「喔，好的。」

「這家的血腸湯飯真的很好吃，血腸湯飯送上來之後，按照上面寫的順序放料進去吃。真的不開玩笑。老闆娘，兩份特大血腸湯飯。」

「好，三號桌兩份特大！」

「不了，我吃不下這麼多，我點……」

「說什麼啊，這裡就是要吃特大，血腸和白切豬肉好吃到沒話說，相信我吧。」

「喔……好的，謝謝。」

閔組長稍微壓低聲音，喊了我的名字：

「始甫。」

「是。」

「啊，沒事，吃完飯再說。」

「沒關係，你好像很急，請說吧。」

「可以嗎？嗯，其實我剛才看見你在超商與金刑警見面，你們聊了什麼？」

閔組長盯著我，觀察我的表情。

「啊，那個……他在附近巡邏，偶然看見我所以過來打招呼。」

「巡邏中偶然看見？沒說什麼特別的話嗎？」

「沒有，怎麼了嗎？」

「沒什麼，我再慢慢告訴你。還有，因為李延佑警衛命案……」

「什麼？命案？」

「啊，我還沒告訴你吧？確認是他殺了，所以我想問你有沒有想起那天看到了什麼。」

「還不知道凶手是誰嗎？又找不到證據嗎？」

「為什麼說『又』？金刑警問過你關於李警衛命案的事嗎？」

我咬住嘴唇，懊惱自己的失言，連忙道：

「啊，不是那樣的……我說錯話了。」

「這樣啊，目前還不知道凶手是誰……。」

閔組長猶豫片刻，接著說：

「南始甫，我知道事發突然，但現在能幫我的只有你了，所以才約你見面。這代表我很相信你。其實……已經查出犯人了。」

「是嗎？那還需要我幫什麼？」

「始甫……你必須相信我，你辦得到嗎？」

我不安地壓低聲音問：

「怎麼了嗎？」

「始甫……那個……那個犯人是我。」

「什麼？你是在開玩笑吧？」

「嚇到了吧，我也希望只是玩笑。」

啞口無言就是這種狀態吧，我早知道閔組長是殺人犯，卻萬萬沒想到他會親口說出自己是另一起命案的凶手。

「我知道，你肯定很害怕，但……請相信我。我真的不是犯人。」

「抱……抱歉，我真的有急事，先走了。」

「請等等！我知道了。你真的完全想不起來那天的事嗎？告訴我這個就好。」

「那天……是的，我想不起來，是真的，我試著回想卻什麼都想不起來，可以了嗎？我先走了。」

我把閔組長拋在身後，毫不猶豫地走出血腸湯飯店。心驚膽顫。閔組長到底是什麼來歷？殺了多少人？難道接近我也是因為想對我下手？他是在鷺梁津站殺了我，被警察追趕，最後死了嗎？我到底為什麼要見他……。沒事見面聽到了不該聽的話。我現在必死無疑了。

但是閔組長為什麼要跟我說自己是犯人？還說不是他做的？

我從血腸湯飯店落荒而逃後，閔組長的臉卻始終盤旋不去。那淡然中帶著迫切的眼神。我一離座，他的表情就流露出絕望……。不，不要被騙了，那可能只是他在演戲。

「……。」

想到這裡，我不自覺停下腳步，真奇怪，閔組長的臉一直在眼前打轉，久久不散。萬一，如果萬一他不是犯人……可是明明就是他殺了素曇的父親和李真成。沒錯。他打從一開始就想騙我，而且他可能正在計劃怎麼除掉我。

然而，我卻轉身走向血腸湯飯店。我想再看一次他的眼神。即使他是真正的凶手，即使我會對這個選擇後悔莫及，我得再看一次他的眼神才能消除我心中的疑惑。

我剛走進小巷內就看見從店裡走出來的閔組長。他大概沒吃完血腸湯飯就直接離開了。他望著天空長嘆，又低頭看著地面半晌，陷入沉思。我稍微加快腳步走向他。

「那個，閔組長！」

「咦？始甫。」

「你怎麼站在這，不吃血腸湯了？快進去吧。」

我走進店裡，攔住想收掉剩下的血腸湯飯的老闆娘，老闆娘把收在托盤上的血腸湯飯重新放回桌上，不發一語地回到廚房。在這時候，閔組長回到店裡，朝我走來並坐下，大惑不解地看著我。

「我本來想走，但一直想起這個血腸湯飯，哇，再聞到一次果然很香。」

「……始甫，謝謝，謝謝你回來。」

「什麼？我是因為血腸湯飯才回來的。」

「喔，這樣啊，好的，吃血腸湯飯吧。」

「湯頭很濃又很香，可是味道好淡。」

「放點醃蝦醬、野芝麻。也放點醬料吧。」

「像上面寫的那樣放嗎？」

「喔，對了，那邊有寫，哈哈。」

我們談笑著一些不著邊際的話題，直到吃完血腸湯飯，都不曾談到正題。而且我的確吃得挺開心的，醃蘿蔔和血腸湯真的是天作之合，就像閔組長說的不愧是名店。

吃完整碗湯飯，全身毛細孔都打開了，大汗淋漓，我拿起衛生紙擦汗，將冰水一飲而盡。冰水帶來一陣清涼，甚至有點寒意。也許是因為心情的關係吧……。

反觀閔組長，他的血腸湯飯還剩了一大半，想必是食不下咽。他拿起湯匙看了看我的空砂鍋，又將湯匙放下。從他的嚴肅的神情，看得出來他正承受著莫大的壓力，好像在思考要怎麼說服我李延佑警衛命案的事。

「好吃吧？看你吃得很開心。」

「你為什麼不吃？」

「我吃了早餐才出門的。始甫，謝謝你回來。」

「不……不要一直說謝謝。」

「……其實我很茫然，那天你說你看到延佑時，我還不確定你說的是真是假，也有點訝異，但也想著萬一是真的呢？」

「嗯。」

「可是鑑識結果顯示，延佑上吊的繩子上驗出了我的ＤＮＡ，洗手間裡也發現了幾根我的頭髮。」

「真的嗎？即使有證據了，你還是否認嗎？我的意思是……那為什麼會有你的ＤＮＡ和頭髮？」

「是啊，很難相信對吧？我明白，因為我自己也不敢相信。我不知道我的ＤＮＡ和頭髮怎麼會出現在那裡。」

「你都不知道了，那誰會知道？」

「我仔細想過了，會不會是有人陷害我？是不是想設局害我，並從中獲得好處？但我實在想不通，所以……抱著抓住救命稻草的心情，想知道你那天在現場有沒有看到什麼……。」

「我要怎麼相信？老實說，現在這種情況我很難相信你。」

「我能理解。你肯定也很害怕，但……請相信我。我能說的只有請你相信我。」

我無法草率地給出回應，只能靜靜望著閔組長。

「沒關係，如果很為難，那也沒辦法。」

「不，其實……你是不是……」

「怎麼了？就直說吧，我沒關係。」

「那個……我看到了一些東西。你不久前在計程車上毆打過司機吧？」

「什麼？不……。」

閔組長頓時語塞，只是直勾勾地盯著我。

「你為什麼說不出話？有還是沒有？」

「你怎麼會知道？」

「你真的動粗了嗎？」

「始甫，我可以問你是怎麼知道的嗎？你見過崔刑警了嗎？是崔刑警說的？」

「這重要嗎？有沒有施暴才是重點，而且你還殺了人！」

「你說我殺人？那位司機死了嗎？始甫！你這話是什麼意思？」

「不是吧，你把人往死裡打，還反過來問我他死了嗎？要我怎麼相信你這種人？」

「我聽不懂你到底在說什麼？你說的司機是被我打的那位嗎？你是不是聽錯了？他當時明明……是清醒的。」

毆打素曇父親的是閔組長，就在剛才他承認了自己是犯人。

「我親眼看見的，我看到他被打的影片。」

「影片？在哪裡看到的？真的是我嗎？不是的。我確認過他是清醒的之後才離開。是真的，始甫。」

「閔組長，請不要再說謊了，現在去自首吧，我不能幫你，也不想幫。」

「你看的是行車記錄器的影片嗎？我絕對沒有殺那位司機。我當時喝醉了，抑制不住憤怒……才揮了拳。我也不知道自己那天為什麼那樣做，打了司機以後，我太震驚所以馬上下了車，並確認過司機是否清醒。看到他醒來後，我才取下行車記錄器逃走。是真的。」

「你說什麼？你拿走了行車記錄器？看來你還有心情拿走行車記錄器嘛？那你手上也有行車記錄器的影片？」

「喔……那是……我喝醉了，拿著行車記錄器狂跑，卻弄丟了。當時我和一個男人相撞，大概是那時候掉的。等我回神時，行車記錄器已經不翼而飛，但我當時確實帶著行車記錄器逃跑了……。」

「喔，是嗎？所以你也殺了那個撿到行車記錄器的人？」

「什麼？這又是什麼意思？」

哇哩咧……面對無異於親口承認罪行的閔組長，我一時激動，連不該說的話都脫口而出。

如果真的是閔組長殺了撿到行車記錄器的李真成，還有知道事情真相的李警衛，那我該怎麼辦？知道一切的我肯定也會被滅口。不會吧……他會因為這樣就殺了我嗎？

閔組長愣住看著我，等我開口解釋。但我什麼都不想說，一心想著既然確定閔組長是犯人，就得盡快離開這裡，我害怕今天會變成我的忌日。可是，這裡還有其他人在，總不可能真的在這裡宰了我吧？

「始甫，那是什麼意思？我又殺了另一個人是什麼意思？」

「啊……那個……。」

「你知道些什麼吧？你怎麼會知道我打了計程車司機？是你拿走行車記錄器的嗎？那你應該知道我沒有殺他……。」

「不是我拿走的，有人送包裹來，快遞送來的。」

「快遞？你收到了包裹？誰寄的？」

「包裹上沒寫寄件人姓名，所以我不知道……」

「說下去。」

情況變得不太對勁，我不甘願地說：

「我為什麼要說？而且還是告訴組長你。」

「始甫，雖然你還不相信我……但把你知道的都告訴我吧，這樣才能解開誤會。」

「……好，就這樣辦吧。你還記得穿藍襯衫的男人吧？當時胸口被刀……」

「你是說李真成嗎？你看到的那具屍體……不，那個幻覺。」

「對，那個人好像寄了包裹，我在李真成的褲子口袋裡看見了包裹託運單，所以去了收件地址，才看到包裹裡放的行車記錄器畫面，可是……」

這個是可以說的嗎？要說還是不說？

「始甫，沒關係，告訴我吧。」

「我在影片中看見你殘忍地毆打計程車司機。」

「我嗎？不是的，有什麼地方搞錯了。不是……不是那樣的，始甫，真的不是，應該是你看錯了。你確定是我嗎？」

「後座乘客確實是你，你下車，坐上副駕駛座……啊，對耶，等等，那時候攝影機對準了司機，看不見你的臉。但你明明……立刻坐進了副駕駛座，還殘暴地打了司機。」

「你仔細想想，在副駕駛座施暴的人確定是我嗎？你有清楚看到我的臉嗎？」

「雖然看到你坐進副駕駛座，但攝影機突然只特寫司機的臉……。看不到你的臉，只有拍到拳頭與手臂。但就是你從後座下車，又馬上就坐進副駕駛座毆打司機。」

閔組長搖搖頭說：

「不是的。我那天是喝得很醉，但只是打了幾……不，準確來說，只打了兩拳，我被自己的行為嚇到，一心想逃之夭夭，不過又很擔心司機才坐到副駕駛座。當我看見他恢復意識，非常害怕，就帶著行車記錄器逃跑了。當時我正在接受升等審查，我怕事情會對我不利才逃走。但我能發誓我沒殺他。計程車司機是……令尊嗎？還是你的親戚？如果是的話……真的……真的非常抱歉。」

「是我朋友的父親。」

「啊……真的很對不起那位朋友，我想當面致歉，但說我殺死……不是的。事情確實因我而起，我無可辯解，要是我沒放任他倒在那裡，就不會發生這種事了。都是我的錯，真的很抱歉……。」

撒謊的人態度可以如此真摯嗎？閔組長的模樣過於誠懇，前後說詞也吻合，毫無破綻……。雖然我還不能全盤相信，但假如閔組長的話屬實，意味著在這些事件背後還有其他人參與。

「組長，你真的只有在後座時打了司機嗎？那在副駕駛座上打人的是誰？那個穿藍襯衫的男人……叫李真成，對吧？會是那個人嗎？」

「可是我明明帶走了行車記錄器，那麼行車記錄器不可能拍到之後發生的事，不是嗎？」

「也是，所以有兩個行車記錄器嗎？」

「的確，可能有兩個。」

「那麼幾乎可以推斷是李真成帶走了另一個行車記錄器。」

「如果包裹是李真成寄的話，這麼想也沒錯。啊，所以你才會認為我是為了行車記錄器的影片殺了李真成。」

「對，這也是原因之一……原本金刑警交代我不要說出去，但告訴你應該沒關係。因為你們是同一陣線的。」

「金刑警嗎？什麼同一陣線？」

「因為還在調查中，金刑警要我不要說出去。他還很擔心你，說你掉進了陷阱。」

「我掉進了陷阱？他叫你不要說出去什麼？」

「那個……哎，他交代我不能說的……。李真成那案件不是有把刀嗎？就是凶器，在案發現場附近垃圾桶找到了刀，而那把刀上……就是說……那把刀上……」

「原來找到證據了啊。那把刀怎麼了嗎？難道……。」

「他說刀上有採到了閔組長的指紋。」

「我還想說不會吧……果然是這樣。始甫，真的不是我。難怪你會這麼生氣，哈，也是，你一定很害怕，所以剛才一溜煙地跑了。畢竟所有的證據都指向我是殺人犯。」

我鬱悶地用手搓了搓臉，又問：

「那個，組長，真的不是你嗎？很抱歉一直懷疑你，但是……就像你說的，所有證據都顯示你是凶手，但你卻矢口否認……。」

「我是說真的，我真的不是犯人，請相信我。他們現在應該把我列入李延佑命案的嫌犯，正在找我。警察廳正在調查中，大概今天就會斷定我是殺死延宇的凶手，並且來逮捕我。」

「真的嗎？」

「這也是為什麼我這麼急著見你，幸好有你幫了我大忙。有人想把所有罪名栽贓到我頭上，擺明是想設圈套害我。」

「那你現在打算怎麼辦？」

「始甫！你相信我嗎？你信得過我嗎？」

我猶豫了片刻，但當我再次對上閔組長的眼神，便點了點頭回答：

「好，就像你相信我一樣，我也會相信你的。」

「真的嗎？始甫，真的很謝謝你，你願意和我坦白真的幫了我很大的忙。今天說的話請你保密，我怕你會有危險，好嗎？」

「我會的。但如果你現在遭人陷害，應該需要援手吧？有人能幫你嗎？」

「不知道，因為現在每個人都很可疑……。但至少崔友植刑警可以信任。」

「崔友植刑警也知道這件事嗎？」

「不，我還沒告訴他，我想自己解決……。」

「現在聯絡他，請他幫忙吧。」

「崔刑警現在可能也受到懷疑，還有，崔刑警也會得知是我殺了延佑……。」

「那怎麼辦？我能幫上什麼嗎？」

「沒關係，始甫，你不需要再幫我了。」

閔組長似乎想一肩承擔，我的心情莫名變得沉重，說道：

「雖然很害怕，但我願意幫你。我想幫你，真的。」

「很感謝你……但我不知道這樣做是不是對的，對你感到很抱歉。」

「我只是盡所我能幫你而已，你不需要覺得抱歉。」

「那我就不要臉地接受你的幫助吧。首先，我必須把你所說的事，從頭到尾整理一遍。」

閔組長拿出筆記本，逐一整理好我提供的資訊，看看是否能找到新的線索。而我也重新看了一次行車記錄器的影片，思索李真成的死因，以及金刑警這個人。

這時，閔組長的手機響起。

「喔，崔刑警，我知道。不，崔刑警，你要相信我……謝了，金刑警嗎？是的。我再聯絡你，暫時先不要聯絡了，知道嗎？好，崔刑警。」

他嚴肅地與崔刑警通完電話，將筆記本放在衣服暗袋後從座位上起身。

「你要去哪裡？」

「聽說現在警察廳廣域搜查隊正在找我，一定是因為延佑的命案，還有金刑警也在找我……。但沒有說他找我的原因。」

「大概是因為李真成的命案吧？」

「這有點怪。他大可以直接打給我，去問崔刑警很奇怪。」

「哪裡奇怪？也許是偶遇了崔刑警，順口問一下。」

「對，也不排除這個可能。哇，始甫，你了解情況的速度很快，下的判斷也非常客觀。你說你在準備考公務員，是吧？九級？」

「我準備考行政職。」

「去考警察公務員吧，你有當警察的天分。」

「拜託，別開玩笑了。這種情況下你還有心情開玩笑？應該成為警察的人不是我，是別人。」

「誰？」

我這時才想起素曇。

「沒有……。我的意思是警察不是誰都能當的啦，哈哈。」

「為什麼？如果是你的話，一定會是個出色的警察。認真考慮一下吧，我不是開玩笑的。」

「好啦，那你現在要去哪裡？」

「嗯……我現在不能回警局，也不能回家。啊，等等。」

閔組長坐回椅子上，一邊傳簡訊給某人，一邊說道：

「我傳個簡訊給我太太，她可能正在擔心，我得先讓她安心。」

「你應該打電話啊……。你太太一定非常擔心。」

「他們也許會追蹤我的位置。」

「喔，有可能。」

「始甫，我想拜託你一件事。」

「好的，什麼事……。」

「請好好回想一下你看見延佑屍體時，有沒有其他線索。」

「我真的想不太起來。啊！對了，要是我回到那裡，也許有機會能想起來。我在李真成的命案現場時，確實有回憶起當時的情景。」

「你是和金刑警去李真成命案現場的嗎？金刑警在找什麼？」

「喔……他不是在找東西，他說凶手不是你，希望我找出足以成為其他線索的證據。就跟你現在要我做的一樣。」

「這樣啊，金刑警這樣說啊。」

只要一提到金刑警，閔組長的臉色就變得冷淡，我小心翼翼地發問：

「你和金刑警關係不好？」

「為什麼這麼問？」

「因為……金刑警好像很尊敬你，說你是很帥氣的人，所以我原本覺得兩位的關係很好……。可是，每當我提起金刑警，你的表情看起來卻不是那麼回事。是我誤會了嗎？」

「不，你的觀察很敏銳。金刑警尊敬我嗎？還說我很帥氣？」

第5話
落入陷阱

「兩位的關係不好嗎？還是你單方面不喜歡他？」

「始甫，金刑警那個人很瞧不起我……不，他以前是我帶的人，他剛來重案組的時候是名警長……」

「閔刑警，能在同一組內接受您的指導，是我的榮幸。」

「幹嘛這樣？讓人起雞皮疙瘩，別說了。」

「不，是真的。您可是重案組的傳說！每一起您破的案件都是聞名遐邇的傳奇。」

「夠了，別說了，專心開車。」

「好的，遵命。傳奇！閔刑警！」

「真受不了你。」

「我們到了。」

「喔，好，我們快進去。」

鑑識小組與刑警們早已抵達案發現場。

「忠誠！閔刑警您來了，現場就在那邊。」

「喔，崔刑警。辛苦了。」

「喂，崔警長！擋住那邊的人。這裡有在好好保留現場跡證嗎？」

金刑警打斷正在互相問候的閔宇直刑警與崔警長，擋在兩人之間。

「是的，金刑警！李刑警來了之後，就立刻對現場跡證保存狀態……」

「李刑警已經來了？」

「什麼？是的，他來了。」

「知道了，你管好那邊的人。」

「是！」

金刑警面對崔刑警，態度和表情都與方才在閔宇直組長面前時有著天壤之別。

「您來了，閔刑警。」

「李刑警，你先到了啊？」

「是的，附近有搶劫案，我和蔡刑警順道過來看看……」

「蔡刑警人呢？」

「他……接到班長的電話後就急忙走了。」

「班長？不知道是什麼事嗎？」

「那個，他什麼都沒說……。」

「那就算了，所以說，死因是什麼？」

「啊！是的。詳細原因待驗屍之後才能確認，目前初步估計是死於頭蓋骨破裂，撞上旁邊那塊石頭。鑑識小組正在仔細確認。」

「嗯……知道了。除此之外，身體沒有其他異常？」

「死者被發現時上衣已經被脫下，推估是先姦後殺。」

「是嗎？唉，這是第三起了嗎？感覺像連續殺人案。」

「必須等鑑識結果出來，才能確定與其他起命案的關聯性。」

「真是糟糕，得盡快把犯人抓……」

「忠誠！李刑警在嗎？哇啊，李刑警果然永遠第一個到場。」

金刑警對待李刑警的態度，又和不久前與崔警長提到李刑警時截然不同。

「喔，金刑警你來啦？」

「李刑警，我去查探一下周遭，你向金刑警解釋案情。」

「是，閔刑警。」

金刑警邊走向李刑警邊說：

「李刑警，又發生命案了嗎？是連環姦殺案吧？」

「是的，好像是。」

「喂，要是順利破案，應該會官加一等吧，你是因為這樣才這麼早來嗎？哈哈哈。」

「什麼？金刑警，你講話太不分輕重了吧？現在升職重要嗎？無辜的人一個個被殺……」

「幹嘛這樣？開個玩笑嘛。我是看氣氛太沉重才想緩和氣氛的，尤其這種時候嘛……。李刑警，你真是太敏感了。」

「金刑警，開玩笑要看時間，以後再這樣，我不會放過你。」

「好好好，謹遵教誨。」

「真是的，給我小心點。」

金刑警轉身低聲說：

「不放過我能怎樣。那傢伙算什麼，跩什麼跩？」

「什麼？你說什麼？」

「沒有，什麼都沒說。」

幸好李刑警沒聽清楚金刑警的喃喃自語，而這時金刑警的手機也正好響起。

「蔡刑警，您現在方便通話嗎？」

「可以，金刑警，你打給我嗎？發生了什麼事？」

「是的，我現在在案發現場，好像是連環殺人案，死者死於頭蓋骨破裂，似乎還被強姦了。」

「有證據能證明是同一人犯罪嗎？」

「喔，案發現場還在鑑定，目前還沒進一步結果……」

「什麼啊！結果出來再向我報告，當我很閒啊？先這樣！」

「啊，好的……。」

嘟、嘟、嘟。

「靠！每次都這樣，該死的傢伙。給你好臉色看還當我怕你啊？我才嫌你會拖累我啦。」

「喂！金刑警，你在幹嘛？」

「是！閔刑警。」

「過來這裡，快點。」

「是是是，我現在馬上過去。」

「……原來金範鎮刑警是你帶的人。」

「對。」

「後來有抓到連環殺人犯嗎？」

「那個……抓是抓到了。」

「既然抓到了，你為什麼臉色這麼差？」

「之後又出現了兩名受害者，才好不容易抓到犯人。蔡刑警抓到的。」

「原來如此，難怪蔡刑警……」

閔刑警用驚訝的眼神盯著我看。

「啊，那個……是金刑警告訴我的。你原本能升職去警察廳，是因為蔡刑警的父親才沒去成，反而是蔡刑警晉升了……是真的嗎？」

「部分是事實，但我沒當上警察廳係長是因為我放棄了。」

「放棄？」

「我聽說蔡刑警靠著父親遊說，得到了晉升機會，確實很生氣，不過當時還有其他的原因讓我感到疲憊……。當時多虧有李延佑警衛在身邊鼓勵我。他比我更生氣，說自己的同學是警察廳監察科的人，要提交陳情書，不過局長事後親口告訴我，我原本已經確認會被升職，是蔡刑警的父親賄賂了警察廳廳長，所以我阻止了李警衛。」

「你為什麼要放棄？」

閔組長猶豫片刻，接著說：

「那個……你現在也知道了。因為我曾對計程車司機施暴。我真的沒有殺他，但醉後施暴的事，讓我一直耿耿於懷，我甚至不要臉地湮滅了證據……。我沒資格晉升，於是告訴局長我想留在局裡，蔡刑警才代替我晉升到警察廳。」

「原來如此。金刑警說同事們要替你向監察科提交陳情書……原來是李廷佑警衛啊。」

「當時金刑警希望蔡組長能晉升，因為他認為只有蔡組長升上去，他才能接補空缺，成為重案一組的組長。」

「他認為？實際上不是嗎？」

「他後來確實成為了重案一組的組長。『以結果來說』是這樣。」

我注意到閔組長用力強調了那幾個字，追問道：

「那是什麼意思……？」

「原本會晉升成重案一組組長的是李延佑警衛，可是……他竟然就這樣死了……我的直覺告訴我是他殺，絕對不可能是自殺。但說犯人是我？這就太不像話了，絕對不可能。」

「李延佑警衛會晉升成組長？一個要當上組長的人……會自殺的機率更低了。照你的說法，你也沒有殺他的理由。」

「對啊，只要稍微想一下就知道不是這麼回事了吧？這擺明是陷阱。」

「是的，所有的命案都指向你是凶手，這一點也顯而易見……。如果凶手真的是你，也不會就這樣草率地留下證據……不是嗎？」

「喔，你果然有兩把刷子，始甫，你一定要考警察！一定要！」

「你怎麼又扯到這裡？比起這個，更重要的是誰想陷害你啊？也許……」

「你懷疑金範鎮刑警，是吧？」

「是的，你也這麼想嗎？」

「老實說，我是這麼想沒錯。不過金刑警雖可疑……現在沒有物證，得盡快找出證據才行。你願意幫忙讓我更有動力了。」

「組長，請加油，我會盡我所能幫助你。老實說……我也很怕，也不知道自己能幫上什麼忙，更不知道能不能做好。」

「是，我懂。現在這種情況，會感到擔心、害怕也是情有可原。」

拼圖碎片逐漸連接起來了。儘管前提是因為我決定相信閔組長，不過，從客觀角度看，閔組長是犯人的機率確實很低。

「那我現在馬上去警局，試著回想那天的記憶，搞不好能想起那天看見的屍體。」

「你沒關係嗎？看屍體這件事應該不輕鬆。」

「不用擔心，可能是看多了，壓力沒一開始大，哈哈。」

「但我還是很擔心……好吧，雖然很抱歉，但麻煩你了，而我要直接去找金刑警。」

「沒問題嗎？」

「當然，他現在拿我沒輒。金刑警那種小咖……哈哈。」

「你還是要小心為上，我確認後再聯絡你。」

這時，放在餐桌上的手機震動起來。是閔組長的手機。閔組長猶豫了一下，拿起手機按下通話鍵：

「喔，金刑警啊，我正想打給你。死六臣公園嗎？好，知道了。不過金刑警……算了，沒事，見面再說。好，好。」

閔組長結束簡短的對話後，將手機重新放回桌上。

「是金範鎮刑警嗎？」

「是的，金刑警要我去討論一下李真成命案，他也知道李延佑警衛命案的情況，要我別擔心。」

「真的沒關係嗎？說不定他安排了埋伏，騙你過去想趁機……」

「不無可能，但我必須得見金刑警一面，這樣我才知道他在打什麼算盤。」

「要是你在這時候被抓，可能會失去洗刷罪名的機會。」

「始甫，別太擔心，雖然我外表看起來不怎樣，但畢竟幹這行也幹了二十五年，是資深刑警了。」

「啊，沒錯……嘿嘿，我知道了。資深刑警，務必小心。」

「以防萬一，要是我們聯絡不上對方，約在哪裡碰面好呢？有什麼好地方嗎？」

「有二十五年經驗的資深刑警不是應該更清楚嗎？」

閔組長對我這樣叫他感到難為情，誇張笑道：

「哈哈哈，沒錯，如果聯絡不上……當然這是以防萬一，就在你住的考試院見面吧。怎麼樣？」

「什麼？考試院？」

「反正不可能聯絡不上，怎麼了？難道會發生什麼意外嗎？」

「喂……幹嘛無緣無故嚇唬我？」

「開個小玩笑，幫你緩解緊張，哈哈。」

閔組長朝他停車的考試院方向走去，準備前往死六臣公園，而警局則是在反方向，我走了一小段路到達公車站。

在等公車的時候，我考慮著是否把我與閔組長的對話告訴素曇，最後因為覺得早點告訴她比較好，於是撥出電話。電話等候鈴聲響起時公車也剛好到站。我將手機夾在肩膀與頭之間，掏出皮夾，拿出交通卡在公車的驗票機前「嗶」了一下感應扣款，再將交通卡與皮夾整理好，收回口袋。

素曇一直沒接電話，我掛斷後又重新撥打一次。還是沒接。因為感到不安，我打回爸媽家，又打給老媽。鈴聲持續響個不停，卻始終無人接聽。發生了什麼事嗎？我不放棄，又再次打給老媽，這次只響了一聲就接通了。

「媽！素曇有在妳那嗎？」

「始甫喔，素曇正在我們店裡幫忙。」

「素曇嗎？為什麼？」

「那個……我們有一直跟她說沒關係。」

「媽！你們應該要堅持說不用啊！真是的！」

「我們也沒辦法，她說一個人在家會怕，所以我就帶她一起來店裡，她又說不好意思什麼都不做。兒子啊，絕對不是我們指使的喔。」

「好啦，我知道了，把電話給素曇聽吧。」

「晚點吧，現在客人很多，我會叫她回電話給你。兒子啊，先這樣囉！」

「媽！媽？」

嘟、嘟、嘟。

我的呼喊聲被電話掛斷聲淹沒。怎麼可以讓素曇在店裡工作呢。

結束和老媽的對話，公車很快地到了警局前的公車站，陷入沉思的我險些錯過下車的時機。我大聲呼喊司機，趕忙衝向公車前門才順利下車。雖然有些丟臉，但我更不想坐過頭到下一站。

我正走向警局正門時，素曇打來了。

「素曇。」

「喂？始甫哥，你打給我嗎？」

「妳現在在店裡嗎？」

「我一個人在家會怕，所以就跟著來了。」

「那也別做事，好好休息。」

「我只是幫一點小忙，別擔心。」

「素曇，妳喜歡吃辣炒年糕嗎？」

「喜歡，為什麼突然問？」

「那就坐下來吃我媽做的辣炒年糕吧，非常好吃，絕對不要做事，知道嗎？」

「好啦，知道了。比起這個，現在狀況怎麼樣？你報警了嗎？不會忙著讀書吧？」

「哈哈，沒有，但我也還沒報警。那個，素曇，妳聽好了，不要嚇到。」

「為什麼？發生了什麼事嗎？」

「其實早上閔組長……就是那位毆打伯父的閔宇直刑警。」

「是，我知道，怎麼了嗎？」

「我上午和他見了面，有跟他說我知道他打伯父的事。」

「真的嗎？你有什麼打算？妳沒事吧？」

「我沒事。雖然現在不能告訴妳詳情，但殺害伯父的好像不是閔組長。」

「什麼意思？他都被行車記錄器拍到了，怎麼會不是他？」

「那個……電話中不好解釋，明天見面再告訴妳。在那之前，妳先不要太擔心，好好在家休息等我，知道嗎？」

「始甫哥！為什麼話只說一半？到底是什麼意思？」

素曇聽到關於凶手的事，情緒變得激動。

「雖然不能斷言，但是除了我們看到的，計程車裡好像還有另一個行車記錄器。這只是我猜的。妳先等等。明天見面再說。妳相信我吧？」

「知道了，始甫哥……。請小心，明天一定要過來，好嗎？我很擔心……很想你。」

「什麼？啊，我……我也……想妳。」

我頓了一下，又補了一句：

「素曇，先這樣囉。」

「再見，始甫哥。」

我聽得一清二楚，她是說「很想你」，這不就是……喜歡我的意思嗎？不是嗎？應該是吧？

我滿腦子想著素曇，不知不覺地走到了警局正門口。我做夢也沒想到自己這輩子竟然會如此高頻率地進出警局，這已經是第四次了，幸好這次不是被抓進去的，等等，這是該慶幸的嗎……？反正這絕對不是會讓人特別想來的地方。

我一走進警局主館正門口，就看見崔刑警和兩名刑警跑下了樓梯。不知道是有急事，還是不記得我了，崔刑警瞥了我一眼便離去。到底發生了什麼事？會不會是閔組長出事了？我遲疑了一下是不是該打給閔組長，但覺得他應該正和金範鎮刑警見面，因此作罷。

我目送崔刑警離去後才走向目的地，也就是二樓走廊盡頭的洗手間。當務之急是檢視李延佑警衛命案的現場。

幸好，男用洗手間裡沒有其他人，我走到第三個隔間，深呼吸之後推開門。不過，眼前的畫面卻和我做好心理準備的預期不同，空空盪盪。好吧。我閉上眼，慢慢地回想那天在現場看見的情景。

那時首先映入眼簾的是，警察夏季制服與閃閃發亮的皮鞋，我驚慌失措地往後摔……接著我看見了那張臉，戴著眼鏡的臉……。

呃啊！頭又開始痛了。每次試圖回想當時的情景，就會頭痛欲裂，但是我必須要繼續回想才行。眼鏡後方充血的雙眼、歪斜的額頭、張開的嘴裡流下的口水。看再多次也無法適應那張慘不忍睹的臉。在他逐漸蒼白的臉龐和形成強烈對比的漆黑瞳孔裡，出現了某人的倒影。

「呃啊啊！」

我想靠近看那對眼珠，但頭痛的程度遠比看李真成屍體時更嚴重。身體的反應會越來越大嗎？這樣下去，我不會又暈倒在這了吧？撐下去吧。再一下下就好。拜託……啊！呃啊……該死，眼前一片模糊。

碰！

最後我倒下來，頭撞到地面，所幸立刻清醒過來。頭實在是太痛了。這次感受到的痛苦，和至今為止感受到的等級截然不同。我伸手撫摸疼痛的部位，感覺到某種濕黏的東西。從手上沾上鮮紅液體的情況看來，剛才暈倒的時候，頭是直接往地面狠撞。沒因此昏過去真是不幸中的大幸。

我走到洗手台前照鏡子，發現左額血流不止，傷得很嚴重嗎？我打開洗手台水龍頭，擦去額頭與臉上沾染的血時，湊巧被一位走進洗手間的警察看見。他大吃一驚，連忙問道：

「哇啊，你沒事吧？」

「啊……是的，我沒事。」

「需要幫忙嗎？你的頭流了很多血。」

「不用，沒關係。」

「你是那一個部門的？之前沒看過……」

「我不是警察，是一般民眾。」

「喔，但你怎麼……你得快點去醫院看一下。」

「不用了，很快就沒事了。如果覺得狀況不好的話，我再去醫院。」

「那就好。但以防萬一，還是去醫院一趟會比較好。」

「謝謝。請問你是刑警嗎？」

「是的，有什麼事嗎？」

「我來找閔組長的，現在方便見他嗎？」

「閔組長嗎？你是說閔宇直警監嗎？」

「啊，是的，閔宇直警監。」

「有什麼事嗎？不介意的話，我方便問你們是什麼關係嗎？」

「什麼？喔……我是閔宇直警監老家的學弟，來首爾想順便拜訪……。」

「老家的學弟？據我所知，閔警監的老家就是首爾……？」

「是的，哈哈哈，我是說閔警監父親的老家。哈哈、啊哈哈。」

「喔，父親的老家啊……。你沒有先聯絡他就跑來嗎？」

「是的，因為有急事。」

刑警好像很困擾，猶豫了片刻才回答：

「他目前暫時不在，打給他大概也不會接。」

「這樣啊。啊，對了，閔組……不，閔大哥說要……找那個誰來著？大哥說他不在的時候可以找金範鎮刑警。我能見金範鎮刑警嗎？」

「金範鎮警衛嗎？真的嗎？」

「是的，怎麼了嗎？」

「不是李延佑警衛，也不是崔友植警查，而是金範鎮警衛，是嗎？」

「我記得，好像是他沒錯……。」

「可是他們兩位的關係不太好。局裡也有在傳他們過去的事……這……」

「看來是我記錯了。啊，對啦，我之前有聽過大哥罵金範鎮刑警，哈哈，是我搞錯了。」

「對吧？不過崔刑警剛才也出去了。」

「那李刑警呢？」

「李延佑警衛……不久前過世了。」

「啊……。李延佑警衛和我大哥關係好嗎？」

「是的，原本以為是這樣。」

刑警皺眉，像喃喃自語般答道。

「原本以為？所以不是嗎？」

「不是的，他們兩位真的是莫逆之交，聯手破了很多案子。在局裡，他們的友情和同事情誼也是數一數二地好，所以李延佑警衛過世時，他是最傷心的。不過……反正就是這樣。我還有事，先走了。」

「喔，好的，謝謝。我也得去醫院一趟。」

為了以防萬一，我側面打聽了閔組長、金範鎮刑警與李延佑警衛的關係。正如閔組長所說，他與金刑警交惡，而和李警衛的關係很好。

真的不是閔組長殺了李延佑警衛嗎？那麼，金刑警裝出要包庇閔組長的模樣，對我撒謊的目的是什麼？這樣看來金範鎮刑警相當可疑。是金刑警殺死李警衛的嗎？啊，頭實在是太痛了，看來真的得去醫院一趟。

我離開警局，搭計程車到了附近的清華醫院急診室。我指著頭詢問應該到哪裡看診，護理師要我先去掛號。掛號完成後我坐下來等待叫號。

有位老人睜眼著躺在床上，老半天都沒眨眼睛。那模樣看起來有點奇怪，我擔心地喚來護理師：

「護理師，這裡有位老人家……這邊！」

難不成已經過世了？耐不住心中的不安，我提高音量喊：

「護理師！請來這裡！這裡！」

「好的，請等等。」

「不，這裡很急，護理師！」

「請等一下，醫師馬上就來了。」

「不，不是我，是這位老人家不太對勁。」

「老人家？」

「對，這位老人家很奇怪……。」

護理師茫然地環顧四周。啊，莫非又是超自然現象？

「啊……。沒事。嗯，哈哈哈，我撞傷了頭，一時搞不清楚……抱歉。」

「喔，好的，那麼請你稍等。」

原來是超自然現象啊。我鬆了口氣，又看向老先生的臉。為什麼他的眼珠裡什麼都看不見？李延佑警衛的眼珠裡留有殘影……呃！頭又痛起來了。屍體眼珠留下的殘影是我沒見過的人……呃啊……越是回想屍體的眼珠，我的頭就越痛。倒影中的人下巴上的那顆大痣分外醒目，但因為頭實在太痛，我無法再繼續回想。

眼珠中的那個人，和李警衛的死有什麼關係？是他殺死李警衛的？不是吧，我在想什麼。冷靜下來啊，南始甫。原來你的頭傷得這麼嚴重啊。

對妄加推論的自己感到失望之際，手機鈴聲響了起來。是素雲。

「素雲，妳有好好休息吧？該不會還在幫我爸媽？」

「始甫哥，剛才有個叫金範鎮刑警的人打給我。」

「金範鎮刑警？」

「對。」

「為什麼？打給妳做什麼？」

「他說他是為了命案證據打來的……。是那個包裹，他問了我關於包裹的事。」

「是嗎？那妳怎麼回答他？」

「我先說我不清楚，他又問我能不能到家裡來檢查。他威脅我說會申請搜查令，我只好說我明天回去看一下，他又說一定要今天，所以我現在正要趕回首爾。」

「妳說什麼？妳在回首爾的路上？」

「對啊，要是他趁我家沒人闖進去就糟了。現在該怎麼辦？」

「嗯……他什麼時候打給妳的？」

「大概二十分鐘前剛講完電話。我接到電話就想先聯絡你，可是他說如果我不快點回去，就會執行搜查令。我趕忙出發搭計程車，現在才有空檔聯絡你。」

上次對我撒謊，這次又是為何這麼急迫，還不惜威脅人呢？

「所以妳現在正帶著行車記錄器和記憶卡回來，是吧？」

「是的，我先回你家拿了。」

「我要回首爾的時候，為了報警已經先存好了複本。所以妳就裝作不知情，到家後先將東西交給那位刑警，知道嗎？」

「好，你在哪裡？能陪我嗎？」

「啊，現在……抱歉，我會盡快結束這邊的事過去妳家。不用太擔心，到家之後聯絡我。如果警察在家門口等妳，妳就進屋假裝找東西，知道嗎？」

「好，知道了。」

「回來路上小心，晚上家裡見。」

我掛上電話後立即打給閔組長。沒人接，只有單調的系統答覆聲：「您撥的電話未開機，將轉入語音信箱……」。應該沒事吧？就在這時，護理師喊了我的名字，我先將憂慮拋在腦後，走進診間。

「等很久了嗎？因為有其他急診患者。來，請躺下讓我看看。」

「好的。」

「傷口裂得比想像中大，幸好已經止血了。為什麼會受傷？」

「我在洗手間摔倒，頭撞到地板。」

「這樣啊，照個電腦斷層吧，從傷口看來，搞不好有腦部出血，最好確認一下。」

「什麼？不用了，我沒摔得那麼大力。」

「先照完電腦斷層後再繼續看診。鄭護理師，帶他過去吧。」

「好的，先生，請跟我來。」

事情好像越來越大條，但這種情況下又不能堅持說我沒事，更不能逃跑。

「先去掛號處掛號，再去電腦斷層室報到就行了。」

「又要掛？電腦斷層室在哪裡……？」

「掛號後往左邊走就能看到了。」

我別無選擇地掛了第二次號，走向電腦斷層室，那裡有位男護理師等著我。拍攝完電腦斷層後，我又回到了診間。

「頭部傷口得先縫幾針，請等一下。鄭護理師，準備一下。」

「醫師，需要很久嗎？」

「不用，一下下就好。」

「好的……。不好意思，請快一點。」

「好，馬上好。忍耐一下喔。」

「先生，你傷口上的頭髮得剪掉，只需要剪一點點，不用擔心。」

醫師替我的傷口消毒、打麻醉藥，有股莫名的奇妙感覺。

醫師的手在我的頭上移動，一邊說：

「三天後回診檢查。至少要吃兩個禮拜的藥，暫時不要喝酒和吃肉。」

「好。」

「結束了，辛苦了。現在來看電腦斷層畫面，我來和你說明情況。」

「已經結束了嗎？」

「哈哈，是的，結束了。」

我一坐到桌前，醫生就讓我看了電腦斷層圖。

「來，看這裡。受傷的地方是額頭左邊，有約莫五公分的撕裂傷，已經縫合了。沒有腦出血現象。幸好血都從傷口流出來了，沒有積在腦裡。應該沒什麼大問題，不過……」

「不過什麼？」

「你大腦中有一種與普通人不同的東西。你看，這邊的枕葉與小腦之間有很小的東西。我第一次遇到這種情形……。你的大腦和普通人的大腦非常不一樣。」

「難道是癌症……？」

「不，不是癌症。這是你的腦，但不知道是從枕葉分離出來的，還是小腦分離出來的，但這是腦沒錯。你小時候有因為嚴重的腦部損傷就醫過嗎？」

「不，沒有。」

「這樣啊，你要不要接受更進一步的檢查？如果可以的話，建議住院做個精密的腦部檢查。」

「什麼？不用了。沒關係，我很忙，下次有時間再……」

「因為是特殊情況，我們醫院願意負擔所有診療費用。如果真的沒時間住院，也可以先讓我們醫院的教授看看。」

「我現在很忙，下次再來。」

「既然你堅持，我也不方便勉強。請收下這張名片，下次來我們醫院就診時，請預約我的門診。一定要來我們醫院，不用擔心診療費。」

「好的，我可以走了嗎？」

「可以，沒問題。鄭護理師，請帶患者出去。」

聽完護理師告知的注意事項和回診說明後，我拿到了處方箋，也在結帳櫃檯完成結帳。

這時候麻醉好像退了，頭上的傷口開始有刺痛感。話說回來，醫師剛才說的話是什麼意思？我腦中有和一般人不同的東西？是因為那個，我才會看見超自然現象嗎？我之所以能看到別人看不見的東西，是因為我的大腦結構與眾不同？

玻璃門映出了我的身影，頭上纏著紗布的模樣看起來很可笑，不知道素曇看到會怎麼想。我擔心落單的她，出了醫院後就坐上計程車，直奔素曇家。

閔組長的電話依舊處於未開機狀態，有種不祥的預感，閔組長該不會也……。不會的，我明明是在驚梁津站看見的，現在不會有事。目前為止，我看見過的屍體要過一個禮拜才會真的變成屍體，所以時候未到。但是他為什麼要關機？是手機沒電了嗎？

我打算先顧好素曇，於是打電話給她。

「素曇，妳在哪？在家了嗎？」

「啊！請等等，我進去找。」

「不，我們一起進去找。」

「請在外面等我，我找到再拿給你。」

「一起進去找更快……」

「不！我已經說了找到就會拿出來給你！如果想要進我家，請拿搜查令來！」

「什麼？唉……好，我在這裡等，找到請跟我說。」

手機那頭傳來了素曇和警察爭執的聲音。

「始甫哥，等等，我先進去……」

「好。」

「現在沒事了，那些警察早在家門口等著，一副要破門而入的樣子。」

「我有聽到。哇，妳處理得很好。」

「啊！你都聽見了嗎？」

「妳確定是警察嗎？有幾個人？」

「他讓我看了警察證件，金範鎮刑警……和另一個人，你現在在哪？」

「我正在路上很快就到，再等一下。怕有萬一，妳絕對不要跟警察走，如果他們說有事需要調查，要妳跟他們回警局，妳一定要拿有急事當藉口，說下次再自己過去，知道嗎？」

「知道了，我好害怕，你快過來。」

「好，素曇。」

如果金刑警和素曇在一起，代表已經和閔組長分開了……。可是我為什麼聯絡不上他？

我下了計程車，快速走向素曇的住處。

我走到她家附近時，從公寓大樓裡走出兩名男子，一名是金範鎮刑警，另一名是我沒見過的男人。坐上副駕駛座的金刑警好像在打電話給誰，那位陌生的男人發動汽車駛向了大路。我躲在牆壁柱子後，確認車子消失後才跑向素曇的住處。

「素曇！」

叮咚、叮咚。

按下門鈴後，玄關門很快就打開來。看見素曇平安無事，我緊繃的心情才放鬆了下來。

「你來啦？快進來，警察剛走……。」

「我正好看到他們開車走了，他們帶走行車記錄器了嗎？」

「對，連包裹箱子一起帶走了。始甫哥，你的頭怎麼了？」

素曇指著我的頭問。

「啊，這個啊，我在洗手間摔倒了……。」

「什麼？沒事吧？讓我看看，傷得重嗎？」

「不會，只是小傷而已，我也去醫院看過了。真的沒事，不用擔心。」

「真的嗎？」

「當然。」

我揮了揮手表示自己沒事，素曇才鬆了一口氣。

「警察有問奇怪的問題嗎？」

「啊，就像你說的，他們真的要求我一起去警局，被我拒絕之後，又問有沒有其他人來找包裹、我有沒有看過記錄器裡的影片，我都回答沒有。」

「做得好，素曇。」

「真的嗎？」

素曇露出得意的微笑。

「還有別的事嗎？」

「別的事？啊！他還要我去警局一趟。」

「是嗎？明天嗎？」

「嗯……對耶，他沒有說什麼時候要去。」

「沒說？他們到底在想什麼……。」

金刑警不像會叫人去警局卻忘了說日期的人。他現在還沒有將閔組長當成李真成命案的凶手，但等到看過記錄器的畫面，有可能會認定閔組長就是凶手。在這種關鍵時刻，為什麼閔組長卻失聯了，電話也打不通，真讓人鬱悶。

「始甫哥，你吃午餐了嗎？我肚子餓了，我們去吃上次沒吃到的炸豬排，邊吃邊說，怎麼樣？」

「啊，已經這個時間了……。好，走吧。」

這時候手機顯示陌生的來電號碼，我用眼神示意素曇等一下，按下通話鍵：

「喂？」

「始甫，是我，閔組長。」

「組長！你在哪裡？怎麼會用這支電話……？」

「我手機搞丟了，是用公共電話打的。細節見面再說，我在考試院附近。」

「現在嗎？啊，那個……」

「怎麼了？發生什麼事了嗎？還是我去找你？我身上的硬幣不多……。」

「我知道了，你等一下，我馬上過去。」

「好，我等你。」

我掛斷電話，看向素曇，她一臉不悅斜睨著我。

「那個，素曇，抱歉，好像不能一起吃午餐了，閔組長急著見我……。」

「你又要去見那個人？我們真的能相信閔組長嗎？」

「素曇，不要誤會。聽我說，閔組長真的被人冤枉了，他逃跑時弄丟了行車記錄器，所以，我們看到的是另一個行車記錄器的影片。」

「什麼意思？」

「閔組長確實有打伯父，但只有在後座打了兩次，之後到副駕駛座殘暴毆打伯父的另有其人。妳可能很難相信，但回想一下那段影片，事實上，我們並沒有看見副駕駛座上打伯父的人是誰。行車記錄器的鏡頭歪了，只有拍到伯父被打的模樣。」

「但是，是後座乘客下車後立刻坐進副駕駛座打我爸，你也看到了啊！你怎麼能聽他一面之詞就相信？明明就是他打的！」

素曇提高音量，難掩激動。

「素曇，我知道，現在很難解釋清楚，妳先別激動，在這裡等一下，等我見完閔組長再說。他在等我，我得走了。」

「不，我要親自去見閔組長，問他為什麼要做出這種事。」

「真的嗎？妳沒關係嗎？」

「怎麼了？我不能去見他嗎？」

「沒有，我不是這個意思。好，那就一起去吧。」

激動的素曇搶先走出門。

為了安撫她，我沿路將自己聽見的和看見的一切全盤托出，得知閔宇直組長、金範鎮刑警和李延佑警衛三人的關係後，她也同意我的看法，認為金刑警很可疑。

然而，在聽說有證據指出殺害李真成與李延佑警衛的凶手是閔組長時，素曇雖然大感驚訝，卻也連連點頭表示不意外。

我試圖說服素曇是有人試圖將她的父親、李真成與李延佑警衛的命案全都嫁禍給閔組長，不過她並未接受我的說法。

素曇憂心忡忡地問，如果至今發生的命案真的都是閔組長所為，那該怎麼辦？我頓時語塞，其實我也還不能確信閔組長是無辜的。

儘管讓素曇與閔組長見個面也不錯，但現在似乎還不到時候，尤其是目前所有的狀況都尚未明朗。我好不容易說服她在咖啡廳等我，才連忙趕往與閔組長約好的地點。

我到達考試院附近的公共電話亭時，並沒有看到閔組長，正在四處張望之際，有人從後方抓住了我的手臂。

「始甫！」

「哇！嚇我一跳！」

「嚇到了嗎？抱歉，我剛剛躲在後面以防萬一。」

「組長，怎麼一回事？你的手機怎麼丟了。」

「說來話長。咦！你的頭怎麼了？發生什麼事了嗎？」

「確實有事，但這只是小傷，沒有大礙。」

「傷口還好嗎？」

「是的，小傷而已，不用擔心。」

「那就好，先進考試院再聊吧。」

「別去考試院，去附近的咖啡廳吧。」

「喔，這樣也好。我們要往哪裡走？」

「我有常去的地方。」

我們去了附近的咖啡廳，素曇在那裡等著。一看到我們踏進店內，她便低下頭佯裝滑手機。

我走向她後方的桌位坐下。我費盡心思才說服她，不要馬上與閔組長直接見面，先在一旁偷聽我與閔組長的對話。閔組長被蒙在鼓裡，坐在素曇的正後方。

「組長，出了什麼事？」

「始甫，我好像知道事情的來龍去脈了，死六……」

「怎麼了？」

閔組長觀察周遭，壓低聲音說：

「沒事，我擔心隔牆有耳……。我在死六臣公園見到了金刑警，起先……」

「閔組長大人！你在忙什麼呀？要見你一面可真不容易。」

「金刑警，我們又不是見面會嘘寒問暖的關係。」

「哎呦，說這話太傷人了吧……？」

「算了，找我什麼事？」

「約在警局見面就行了，幹嘛非得約在外面……。」

「金刑警！我問你找我有什麼事。」

「好好好，你還真急性子……。我知道了。」

金刑警一臉擔心說：

「組長，我不認為事情是那樣，我說真的。」

「你在說什麼，金刑警？」

「呵！一直叫我金刑警、金刑警的。組長，我現在是重案一組組長，請稱呼我為金組長。」

「哎呀，沒錯，我都忘了。好啊，金組長。當上金組長很開心嗎？李延佑死了，你坐上那個位子感覺好嗎？」

「閔組長！你這話是什麼意思？」

「你幹嘛這麼激動？別人看到還以為是你殺了他咧？」

「閔組長……。閔組長啊！我敬你，喊你一聲組長，你就當我跟以前一樣，是個軟柿子嗎？現在可不是你還能悠哉開玩笑的時候。」

「喔，終於說出真心話啦。沒錯，你都當上組長了，要和我平起平坐了是吧？也好，大家都是組長就不要分什麼輩分了吧。看你這麼激動，是不是有內情？」

「有什麼內情？你以為用誘導訊問可以從我口中套出什麼嗎？哈哈哈，閔組長你真是老了啊。」

金刑警拿出手機打給閔組長。

叮！滴哩叮叮！叮！滴哩叮叮！

「你在做什麼？為什麼要打電話？」

「我怕你在錄音。曾經有個傢伙偷錄音想扯我後腿。雖然那傢伙現在已經消失了，哈哈。」

「說什麼啊？你以為我和你一樣嗎？金刑警！你到底在背後搞什麼鬼？」

「沒什麼，我只是想快點解決掉礙事的傢伙。只要你進監獄，事情就結束了，所以你乖乖和我走一趟警局吧。」

「金範鎮刑警，不，金範鎮組長，念在我們有舊情的分上……。幫我一次吧。」

「哈哈，閔組長，你態度可變得真快，還會拜託我。但是閔組長，也要幫得上忙，我才能幫啊，現在所有證據都指出你就是殺人凶手。」

「怎麼可能？金範鎮組長，真的不是我，真的！」

「先跟我回警局再說吧……。」

「來，你可以搜我身，我沒有帶錄音機，真的沒有。你就老實招來吧。」

「真是的，我有什麼好招的。也好，以防萬一，讓我先確認一下。」

金刑警搜了閔組長全身上下後，往後退說道：

「好，那麼現在我們就打開天窗說亮話吧？不過為求保險，你的手機暫時放到那吧。」

金刑警將閔組長的手機扔到遠處的草叢中。

「喂！你真是……好，既然都照你的意思做了，我們就別繞圈子了，直話直說。你很清楚我不是凶手，是吧？」

「哈哈。你真是不死心欸，我哪知道啊？我看真該直話直說的是你。閔組長，你為什麼殺害李延佑警衛？又為何殺了李真成？你就老實承認吧，如何？」

第6話

不能說出的真相

「什麼?金範鎮!你真是越來越過分……」

「對了，你又是為什麼要殺了姜時民?」

「姜時民?那又是誰?你在說什麼……。啊哈，我知道了。金範鎮組長，少在那邊耍花招。你正在錄音對吧?狗改不了吃屎。」

「哇嗚，寶刀未老啊，哎呀真可惜。好吧，其實我沒想過你會說實話，反正已經有了證據，錄到這些也就夠了，呵哈哈。」

「你說什麼?金範鎮!少跟我耍花招。」

金刑警從口袋裡取出錄音機，讓閔組長看到自己按下電源關閉鍵。

「好好好，我知道了，錄音就到此為止。現在老實招來吧，反正閔宇直你牢飯是吃定了。」

「喔，這樣啊，原來你過去就是用這種方式冤枉無辜的人去吃牢飯。你為了業績，到底害了多少冤枉的人去坐牢?你就這麼想當組長?」

「隨便你說吧，反正事情已成定局。」

「好啊，既然都要坦白了，你就說吧，為什麼要殺了延佑?」

「唉，真是的!真煩人耶。我幹嘛要殺延佑?人不是我殺的!」

「那麼……你應該知道是誰殺了延佑吧?」

金刑警露出微妙的笑容，說道:

「那個啊……等你吃完牢飯出來再告訴你吧。到時候你就知道了，呵呵呵。」

「啊？好，這件事先不談。你還說我殺了李真成，但前後情況根本對不上，你明明也清楚啊？」

「是啊，我知道。但一定要有殺死李真成的犯人才能結案，對吧？」

「你是為了結案才誣陷我是犯人嗎？為什麼？我問你幹嘛針對我？」

「要不要告訴你答案呢？噗哈哈哈哈。」

金刑警捧腹大笑，用卑劣的眼神看著組長。

「金範鎮，你好樣的。要我去警局可以，竟然捏造假證據，我們就在法庭上見真章吧。不過在去之前，我得先搞清楚你到底為什麼要這樣對我？說啊？」

「當然不能告訴你，不然你大概不會放過我。不對，應該說你不可能只放過我。再說，我幹嘛一定要告訴你呢？」

「……你背後還有人吧？對吧？沒錯，就憑你這孬種，不可能一個人幹出這些事，不是嗎？」

「你以為刺激我有用嗎？閔宇直，到此為止，走吧。」

「什麼？你這傢伙真是沒救了！人話講不聽啊！」

「哎呀！怎樣！看你這氣勢，是連我都要殺了吧！好啊，你殺了我啊！動手啊！」

金刑警將臉湊近譏笑。

「你這傢伙！」

閔組長克制不住怒火，撲向金刑警。

「閔組長！請站在原地！再動的話我就開槍了。」

「什麼！……安刑警？」

安巡警跑來，舉槍瞄準閔組長。

「安巡警，你來得正好，快逮捕閔組長！」

「閔宇直組長，很抱歉，請不要動。拜託你不要動。我現在依涉嫌殺害李真成、李延佑警衛逮捕閔宇直組長。你有權保持沉默，也有權聘請律師，但你所說的每一句話都可以在法庭上作為指控你的不利證據。現在請你慢慢地把手伸出來。」

「安刑警！你和金刑警也是一伙的嗎？」

「什麼？大家都是警察，哪有什麼一伙不一伙的。請聽我的話，和我們回警局吧。我非常尊敬你，要這樣逮捕你，我也覺得很難過。」

「安巡警！胡說什麼！對嫌犯姿態不要放這麼低。快抓起來。」

「是，組長！」

閔組長用幾乎只有自己聽得到的聲音說：

「安刑警，對不起了。」

噠！啪！

「啊！嚇！啊呃……。」

安刑警正要替他上銬，卻被閔組長抓住手臂往後一扭，將他摔向地面，接著再以迅雷不及掩耳的速度逃走。

「安巡警！該死的……。閔宇直，站住！」

砰！

金刑警撿起安刑警掉下的槍，朝閔組長扣下扳機，不過射出的是空包彈，沒能嚇阻閔組長。

「閔宇直！站住！安巡警看你幹的好事！」

「啊……。唔，對不起，事發突然……。」

「可惡，快站起來！馬上請求支援，追捕閔宇直那傢伙！」

閔組長雖然知道有人在幕後唆使金刑警，但是尚未釐清他們誣陷自己的真正理由。

我聽完閔組長的敘述，小心翼翼地告知其實素曇也在場，並解釋因為素曇不信任他，因此不得不讓她偷聽對話，請求閔組長的諒解。閔組長聽說素曇也在場，大吃一驚，並且很快地找出了素曇。

「啊！原來妳在後面嗎？」

「組長，你記得吧？這位是姜素曇小姐，是那位去世的計程車司機的女兒。」

「啊，姜素曇小姐，真的抱歉，我真的……真的很抱歉。對令尊犯下的錯，我願意付出任何代價，也許我現在遭遇的就是在懲罰我對令尊做的行為。還有，雖然不知道妳信不信，但……殺害令尊的真凶不是我，是真的。請給我一個機會，讓我親手逮捕真凶歸案。」

「……。」

素曇低頭不語。

「素曇小姐……。妳還好嗎？」

「沒錯，閔宇直組長，我在後面全聽見了。如果你說的都是真的，那似乎真的有人想陷害你。但請你記住一件事，我不可能原諒你。你是害我爸過世的導火線。雖然事情真相尚待查明，但你打昏我爸的這件事並不會改變。」

「是的，沒錯。要是我當時沒有打令尊，也就不會發生那種事。我感到非常歉疚，儘管我請求妳的原諒，但若是妳無法原諒我那也是情有可原。我願意接受法律的制裁。」

「是啊，素曇。現在最重要的是抓住真凶。」

素曇微微點頭。

「組長，我有話要跟你說，不過在那之前，我要先確認一件事。」

「什麼事？」

「按照你剛剛說的，你在跟我分開之後馬上就去見了金刑警，是吧？」

「對，我和你分開之後，就去了死六臣公園和金刑警見面。」

「當時金刑警說姜時民……也就是素曇的父親，是你殺的，對嗎？」

「什麼？姜時民就是姜素曇小姐的父親……？就是那位計程車司機嗎？啊，你們都姓姜……。」

閔組長驚訝地瞪大眼看著素曇。

「是的，我爸叫姜時民。」

「原來如此……。沒錯，金刑警說是我殺了姜時民。為什麼問這個？」

「這麼一來順序有變。因為金刑警是在見過你之後，才立刻去找素曇，並拿走了行車記錄器。我親眼看見金刑警走出素曇的住處。」

「那麼就是說……金刑警早就知道了？」

「是的，金刑警在看行車記錄器影片之前就知道了，沒錯，這樣才合理。」

「等等，始甫。你是說金刑警在看影片之前，就說是我殺了姜素曇小姐的父親……。不對啊，我沒有殺他……。」

我們三人面面相覷，內心有著同樣的想法。

「果然是這樣沒錯。我沒有殺死姜素曇小姐的父親，那個影片肯定是偽造的，金刑警一定和姜素曇小姐父親的命案有關。對了，你好像說過包裹是李真成寄的？」

「對，李真成的褲子口袋裡有包裹託運單。」

「沒錯，那麼李真成的死也可能與金刑警有關。」

「閔組長，你的意思是可能是金刑警殺了我爸？」

「這個……現在還只是推測……。但能肯定的是，金刑警和所有命案都有關聯。說不定他認識凶手，也說不定他就是真凶。」

我著急地問：

「組長，現在該怎麼辦？」

「破案最重要的關鍵就握在金刑警手上。我們最好要跟緊金刑警的一舉一動，為免疏漏，也得去翻一下金刑警的辦公桌。」

「但還是得確認一下，反正我現在沒有藏身之處。」

「你要去警局？你不是都要被通緝了？」

「要不要躲在我住的地方？」

我一聽見素曇這麼說，馬上果斷地阻止：

「金刑警知道妳住那，所以不太安全。還有，一個不小心會連妳都有危險，不行。素曇妳還是先回我爸媽家。」

「姜素曇小姐，始甫說的沒錯。還有，始甫你也可能會有危險，所以你們兩個都暫時住到始甫父母家吧，接下來由我自己解決。」

「不，我要待在你身邊，我也想出一份力。」

「不，雖然我的力量微不足道，但我會幫你。還有一件事我沒告訴你。」

「還有什麼事？」

「就是……。」

我不知道如何開口，正當遲疑之際，閔組長好像突然想到什麼，眼神一震說道：

「對了，姜素曇小姐，先前在警局見面時……。妳是因為父親過世的打擊才會想尋短嗎？」

「喔……是的。」

「姜素曇小姐，我真的很抱歉。」

「不，當時我很感激你開導、鼓勵我。我那時非常感激你。」

「我完全沒想到事情是這樣……。」

「組長不知情，不知者無罪。當時我送素曇回家，因為很擔心所以這段時間都和她保持聯絡，這也是為什麼我現在會和素曇一起行動。」

「原來如此，這種緣分……能這樣認識也是一種緣分，我們以後得好好延續緣分……。啊，不是……如果素曇小姐不介意的話……。」

「我也是，只要素曇不介意，我也認為這是一段美好的緣分。素曇妳覺得呢？」

「我和始甫哥當然是美好的緣分……。」

素曇含糊地帶過，大概還介意閔組長對父親做的事，這也是當然。

「……始甫，你剛才好像有話要說，是什麼事？」

「啊，那個……就是啊，那個……」

真要說，還真說不出口。

「怎麼了？發生了什麼不好的事嗎？」

「沒有，不是那樣的……。我覺得自己不只是單純能看見其他人看不到的屍體，我在想，這其中一定是有什麼原因。」

「什麼意思？」

「就是說，感覺有某種規則。不，該說一種模式嗎？我也不清楚。第一次見到的李真成，之後的李延佑警衛，再加上素曇……。」

「規則？」

「對，我看到素曇的屍體之後……是七天後嗎？還是六天？總之，我不是阻止了素曇自殺嗎？同一天，我在警局知道了李真成與李延佑警衛死了。」

「李真成是在素曇小姐自殺的兩天前死亡。從你看見李真成屍體報案，卻被當成報假案的那天算起……。對，七天，是七天沒錯。」

「七天？」

「對。那天凌晨，始甫說在洗手間看見延佑屍體的幻影。而素曇小姐與始甫發生誤會，被送來警局的那天凌晨延佑被發現身亡……。」

「沒錯，是七天。我能看到屍體似乎有一定的時間規則。除此之外，我不只能看見屍體，好像還能從屍體上看見某些東西。」

「是和案件相關的線索嗎？」

「始甫哥，是真的嗎？」

我緊閉嘴唇思索好一陣子後，使勁回答：

「我還不清楚，但這之中彷彿有什麼關聯，類似時間規則那樣有某種含意……這只是我的推測。」

「我還是聽不懂，你再說仔細一點。」

「就是說，我不是去過李延佑警衛命案的現場嗎？當時我看見了殘留在李延佑警衛屍體眼睛裡的影像，是一個男人的倒影。那個男人會不會和李延佑警衛的死有關？」

「眼睛裡有殘影？」

「對，雖然我也看了李真成的屍體，但當時我還不知道有這樣的情形，所以沒仔細看他的眼睛。如果可以再去一次案發現場，回想當時的情景，搞不好能看見一些什麼。」

「事不宜遲，我們馬上過去吧。」

「可是……能不能先吃飯，我肚子一直咕嚕叫……。嘿嘿。」

「唉呦，真的呢。午餐時間都過這麼久了，因為我害你還沒吃飯吧？這附近有家很有名的血腸湯飯店，去那裡吃吧？怎樣？」

我不自覺地笑出來，說道：

「又要去那裡嗎？哈哈。素曇，這附近有家很好吃的血腸湯飯店，妳不介意嗎？」

「我沒問題。其實我超餓……現在吃什麼都可以，只要近就好。」

素曇好像有些不好意思，笑嘻嘻地說。

「那家店就在這附近，那我們走吧，組長。」

在我們離開咖啡廳的路上，素曇貼近我身邊問道：

「始甫哥，你還有看見什麼嗎？」

「嗯?看見什麼……?」

「像是有沒有看到另一具屍體?也許能成為線索。」

聽素雲這麼一問,我內心暗叫不妙。

「……沒有,沒看見。除了屍體眼睛裡的殘影之外,沒看見其他……。」

「始甫,你不知道那個倒影的真實身分吧?知道的話肯定早說了吧?」

「對,我沒見過那個人,還有我……」

「嗯……也許是我認識的人,就你看見的,描述一下他的長相吧。」

「那個人的長相……。呃啊!」

「怎麼了?你沒事吧?」

「始甫哥!怎麼會這樣?」

「抱歉,我每次要回想當時看到的殘影,頭就會痛起來。」

「不要勉強,大概因為頭部的傷吧。」

「好的,我以後再告訴你……。啊,快到了,那條小巷進去就是了,快走吧。」

既然還有時間,我決定觀察情況之後再說。不過,要是我們推算的時間規則不正確呢?要是死神突然找上門該怎麼辦?是不是該早點跟他們說呢?就在我煩惱哪種選擇才是上策的時候,頭又傳來一陣刺痛,看來頭痛的原因不只是受傷。

在我陷入沉思的時候,有人搖了搖我。

「始甫哥，你在想什麼？」

「喔！啊……抱歉，我又沒聽到你們說話了嗎？」

「對啊，始甫，我問了你三次要不要吃血腸湯。一直到素曇小姐搖你才回答呢，哈哈。」

「真的嗎？對不起，我恍神了。」

「真不知道該說始甫哥專注力高，還是容易分心。」

「始甫的專注力好像比其他人好，所以才有那種能力的吧，不是嗎？」

「啊，真的呢，始甫哥的能力也許是因為專注力……。」

「哎呦，不是啦。我只是剛好在想別的事所以才沒聽到。快點餐吧，不好意思，老闆娘！三碗特大血腸湯飯。」

「始甫哥，我要普通大小的……。」

「素曇，這裡就是要吃特大的，血腸和白切豬肉好吃到沒話說，相信我。」

「是啊，相信始甫吧，哈哈。」

我明明只來吃過一次，卻學起閔組長對素曇大力推薦。

點的血腸湯馬上送來。我們不約而同地說開動了之後，拿起湯匙。

「不過，始甫哥，你爺爺也是有那種能力吧？」

閔組長聽到素曇這麼說，嚇一大跳，放下手中的湯匙問道：

「妳說什麼？始甫，是真的嗎？」

「對，我聽我爸描述的……應該八九不離十。」

「難道令尊也能看見屍體……？」

「不，我爸好像看不見。」

「那麼，爺爺還在世嗎？」

「不在了，我爸九歲時他便在越南過世了。」

「啊……抱歉，令尊應該很難過。」

「大概吧，我不清楚。」

閔組長點點頭，說道：

「令尊和你奶奶一定很難過。我和妻子還有一對兒女一起生活。我岳母在我太太很小的時候便過世，某一天，我太太說因為自己沒得到過母親的愛，所以不知道要怎麼對待孩子。聽到她這樣說，我瞬間醒悟。大家都是第一次當父母，若曾經從自己的父母身上得到過愛，當想要向孩子表達愛意時會有很大的幫助。令尊在養育你的過程，也許也曾因為這樣而感到辛苦。」

「沒錯，始甫哥家的那種尷尬，我真是忘不了。始甫哥的爸爸像是不太知道怎麼跟兒子相處。」

「妳那天看到的還算是好很多了，哈哈。」

「始甫你是個幸福的人，好好孝順父母。我也是盡可能向孩子們表達自己的愛，有時候過了頭還會被他們嫌棄，哈哈哈。說到這些，還真是想念他們。」

「是，我會謹記在心。你要不要打通電話給孩子們？」

「不用了，等一切都解決了……。到那時候再打吧。」

閔組長的話中流露出悲壯的決心。

在我顧慮閔組長的心情時，突然瞥見素曇神情沉悶地反覆拿起湯匙又放下。

「啊……。素曇，抱歉，聊著聊著沒注意……」

「沒關係，為什麼要道歉？多虧有你，我現在已經好多了，所以不要用那種表情看我。」

「素曇，妳現在不是一個人了，妳還有我。」

「始甫哥，幹嘛突然說這些？」

「哈哈，你們兩個看起來挺甜蜜的。」

「吼呦！不要連組長都這樣。」

「啊哈哈。」

我們度過了短暫的愉快用餐時光。時間雖短，但閔組長和素曇拉近了距離。起先不信任閔組長的素曇，好像也稍微敞開了緊閉的心房。

事實上，我從沒對任何人提過我的家庭或自己的事，奇怪的是，面對閔組長和素曇，我卻能毫不猶豫地說出內心話。對於這樣的自己，我感到既陌生又新鮮。

我們吃完飯，前往李真成命案現場的路上，素曇與我的手機同時響起。我的手機顯示了金刑警的電話號碼，而素曇則是未知號碼來電，於是她沒接。

「組長！是金刑警打來的，要接嗎？」

「等一下，先別接。他可能會問你有沒有和我聯絡，要是你直接否認，有可能會讓他更加懷疑，所以就說你有跟我聯絡。但要是問我們有沒有見面，就回他沒有，其他問題就說你不清楚……。」

「啊！他掛斷了。」

「你裝沒事回撥給他，說沒接到電話，問他有什麼事。」

我正要回撥時，金刑警又打來了，我沒有立刻接起，刻意讓鈴聲多響了幾聲才按下通話鍵。

「喂？金刑警。剛才沒接到電話，我正想打回去……。」

「你在哪裡？」

「怎麼了？」

「我在考試院門口，方便見個面嗎？」

「考試院？你現在在考試院門口嗎？哇……怎麼辦？我人在警局附近，想說如果你或是閔組長在的話，順道見個面。」

「是嗎？太好了，你等一下，我馬上過去。」

「什麼？啊，不，那個……我過去你那邊吧。閔組長也在嗎？」

「閔宇直組長？他不在這，怎麼了？」

「既然都要見面了，我想順便見閔組長。」

「組長他現在……見面再說吧，我現在上車了，你在那裡等我，知道嗎？」

「啊？好，那我在警局等你，慢慢來不急。」

我匆忙掛斷電話，看向閔組長問道：

「怎麼辦？我得去一趟警局。」

「你一個人沒問題嗎？」

「可以，那裡是警局不會有事的。」

「始甫哥，我和你一起去吧。」

「不行，金刑警認識妳，要是看見我們在一起可能會引起誤會，害妳也陷入危險。」

「不，她和我在一起可能更危險。」

閔組長聲音雖溫和，但拒絕的意味明顯。

「如果我的位置曝光遭到追捕，素曇小姐會被連累，所以你乾脆帶她一起去。」

「可是……好，就這樣吧。金刑警正趕往警局，我必須先過去等他，沒時間了。」

素曇想安撫我的焦慮，淡淡地說：

「我想到了個好辦法。」

「什麼好辦法？」

素曇微笑地點點頭。

「再不出發就太晚了，邊走邊說吧。組長會待在哪裡？」

「我去李真成命案現場那邊等你們。」

「那我們見過金刑警後，立刻趕去和你會合。」

「那個……組長你小心。」

素曇小心翼翼地開口，感覺得出她鼓起了相當大的勇氣。

「素曇小姐，謝謝妳。」

我雖很好奇素曇想到什麼好辦法，又覺得應該要比金刑警還早抵達警局，於是牽著她的手開始奔跑。我心中七上八下，惟恐金刑警就在附近，路途上不斷地觀察四周，緊張感也隨之倍增。

「素曇，妳剛才說的好辦法是什麼？」

我一上計程車就問道，素曇笑著看我正準備開口時，隔壁車道駛過一輛警車，我不經意地朝旁邊看。偏偏是金刑警的車！我下意識地把屁股往前挪，俯身躲到車窗下。素曇歪著頭，不解地眨眼看我。

就在這時，素曇的褲子口袋傳出手機鈴聲，素曇拿出手機，說一直有未知號碼來電。她這次也沒接。

「素曇，是誰打來的，怎麼直接掛斷了？」

「這幾天一直有不認識的電話打來，好像是詐騙電話，所以不想接。」

「很難說，還是接一下吧。」

「不了，接起這種電話，手機費會暴增超多。如果是重要的事，對方自己會再傳簡訊過來。」

「以前有過這種事嗎？也是，最近真的很扯，電信詐騙多到爆。」

「所以你也要小心，不要隨便接陌生來電。」

「對，但我每次都不經大腦地亂接，哈哈。」

「喔，好像快到了。」

「司機先生，請在咖啡廳前讓我們下車。」

我們下了計程車，走入警局對面的咖啡廳，一坐下就接到金範鎮刑警的電話，時間點絕妙，彷彿他正從哪裡觀察著我們。

「喂？金刑警嗎？」

「始甫，我到警局了，你在哪？」

「你已經到了嗎？因為閔組長不在，所以我來警局對面的咖啡廳。」

「是嗎？那我過去……。」

「不了，我和女朋友在一起。我過去警局找你吧。」

「好，我在這裡等你。」

「好的。」

我掛掉電話，不自覺地朝素曇眨了眨眼：

「素曇，女友作戰成功，哈哈。那妳在這裡等我。」

「好，始甫哥，你要小心。」

「我馬上回來。」

素曇說的好辦法很簡單，藉口閔組長不在警局，所以到附近的咖啡廳等他，還能拿女友當藉口，盡快說完盡快閃人。真是一舉兩得。所幸目前為止事情都有按照素藁的計畫進行。

我站在警局前的人行道等著紅綠燈，一台汽車正在等待左轉燈號，我看見車後座的男性乘客。雖然只是一眨眼的時間，但那張臉卻看起來無比眼熟，好像在哪見過……。我正想回頭確認，綠燈就開始閃爍，我只好在綠燈轉紅之前快步過馬路，走向警局。

那輛車駛進警局正門，通過正門時，門口的義警舉手敬禮，看來車上的人物是警察幹部。

我一定在哪裡見過那個人……痣！是在李延佑警衛眼睛裡看到的那個人！就是那名後座乘客沒錯。如果他是警察幹部，閔組長應該會知道他的身分吧？只要搞清楚他是誰，就會成為找出李延佑警衛死亡真相的線索。

奇怪的是，這次我的頭不痛了。明明想起了相同的記憶，為什麼不會痛呢？

不過，現在首要之務是確認剛才那個男人的身分，我連忙跟著那輛車跑向警局。我留意了停車場，卻發現那輛車又朝正門的方向開去。後座的人已經下車進警局了嗎？

我跑向警局主樓門口，說巧不巧，金刑警正好走了出來。我在金刑警推開門的縫隙中，看見某個男人正走上樓梯的身影。那一刻，我便確定了。儘管不清楚自己是以什麼為根據，但我確定就是那個人。

我看著他低頭向金刑警打招呼，一直到門關上的那一刻，我的目光都沒有離開過他。

「金刑警，我去一下洗手間，抱歉。」

倉促之下，我藉口要去洗手間而衝出門，氣喘吁吁地跑到二樓，卻不見那個男人的身影。我不死心跑到刑事科，但還是沒看到他在哪。當我正打算放棄尋找，準備下樓去的時候，傳來了金刑警的呼喊：

「喂，始甫！洗手間是在這邊。」

「啊……。對，我剛上好回來。」

「這麼快？」

「你找我什麼事？」

「但你……怎麼回事！你的頭怎麼了？」

「我受了點傷。」

「唉呦，怎麼不當心點。我們去那邊聊吧？」

「那邊嗎？可是刑事科是這裡。」

「沒錯。不過因為要聊關於閔組長的事，那邊耳目眾多，我們出去聊吧，跟我來。」

這次又想說什麼……？我裝得若無其事，跟在金刑警身後。

「來吧，過來這裡。我年紀比你大，說話就隨意一點，行吧？」

「你已經很隨意了。」

「哈哈，也是，我就保持隨意吧。」

「好，我無所謂。但是我女友在等我，不方便聊太久。」

「喔齁，知道了。一下就好，你沒跟閔組長聯絡嗎？」

「組長嗎？啊，是昨天嗎？不對，還是前天？反正有通過電話，怎麼了嗎？」

「是嗎？為了什麼通電話？」

「為什麼問這個？閔組長好像不在警局裡，出了什麼事嗎？」

「也是，該告訴你真相了，那個……我上次不是說過了嗎？」

「說過什麼？」

「閔組長是李真成命案的嫌疑人，除此之外，又發生了另一起命案。在李真成被殺的隔天凌晨，閔組長殺了另一個人……是我們的同事。」

「什麼？你說什麼？」

我裝作不知情，驚訝地問道。

「嚇到了吧？但先等等，我話還沒說完。約莫一個月前，發生一起計程車司機被施暴的案件，那個計程車司機也死了。而且我們找到了閔組長就是凶手的證據，就是你告訴我的那個包裹。閔組長……不，現在是殺人嫌犯，已經被通緝了。他不值得信任。」

「是嗎？可是上次你要我相信他不是凶手。」

「我也是被騙了，我也認為絕對不可能……。但無法推翻的鐵證接二連三出現，我對他真是失望透頂。不該相信他的。閔組長沒跟你說什麼嗎？」

「他沒說什麼特別的事……。」

「是嗎？他不是打給你問關於李警衛的事？」

「你怎麼知道……？」

「啊，我偶然聽見你和閔組長通話。」

「啊……。對，就像你問我關於李真成命案一樣，他也問我在案發現場有沒有看見什麼線索。」

「什麼？你也看見了李延佑警衛的幻影嗎？就像看到李真成一樣？」

「那是……我被抓到警局那天，我在洗手間看到的。」

「是嗎？那你當時有看到什麼特別的東西嗎？」

「沒有，沒看到特別的東西。我也是這樣告訴閔組長。」

「這樣啊……你確定沒看到什麼特別的，可以作為證據的東西，對吧？」

金刑警不死心，又追問了一次。

「對，沒有。」

「好，我知道了。謝了。要是你想到什麼就聯絡我。閔組長打給你的話，也要立刻聯絡我！你走吧，女朋友應該等得不耐煩了。」

「喔，好的，辛苦了。」

我正要轉身離開，想起走上二樓消失的那個人，問道：

「那個……金刑警。」

「怎麼了？」

「可以問一件事嗎？」

「什麼？問吧。」

「我們剛才是在主樓見面，你出來的時候，有看到走進去的人嗎？」

「怎麼了嗎？那時候有一、兩個人走進去。」

「那個人下巴有顆痣……。」

「下巴有痣？……嗯？這種人很多吧。」

「那顆痣有點大，在這裡，下巴正下方。你知道他是誰嗎？」

金刑警「嗯」了一聲，回想著一邊反問：

「為什麼問這個？」

「沒事。不知道就算了。」

「啊！下巴有痣的人……有，沒錯。我知道是誰。」

「是嗎？我想跟他打個招呼……。之前我在這摔倒的時候，那個人幫了我。」

「什麼？你是在這裡受傷的嗎？」

「對，我知道很扯。」

「這樣啊，下巴有痣的人應該就是交通管理係的崔警監。」

「交通管理係，崔警監嗎？」

「對，你要是想找他，去那邊的三樓看看吧。下巴有痣的應該就是他。不過，你不是說女朋友還在等你嗎？」

「啊！對喔，說得也是，啊哈哈。那麼我下次再找時間問候他吧。我先走了。」

「啊？喔，好吧。」

交通管理係的崔警監？坐在車後座的那個男人就是崔警監嗎？問閔組長應該就能知道了吧。不過，金刑警剛才問我的那些話大可直接在電話裡說就好，幹嘛非得約我見面？怎麼想都覺得其中必有蹊蹺。

第7話
疑心的種籽

我在警局正門前的人行道上，等著紅綠燈同時眼睛望向咖啡廳。就在這時，視線那頭對上了正等待著我的她，遠遠看見她的微笑是如此美麗。正當紅燈轉綠之際，後方傳來了呼喊我的聲音，回頭看見金範鎮刑警慌亂地朝我奔來。

「那個，始甫，等一下。」

「什麼？有什麼事嗎？」

「抱歉耽誤你，你知道姜素曇吧？」

「誰、你說誰？」

「咦，不記得了嗎？你之前不是救過一個想自殺的女大學生？就是她。你忘了嗎？」

從金刑警口中吐出「姜素曇」三個字，我的心往下一沉。

「喔，對。我想起來了。怎麼會提起她？」

「你們不是認識嗎？」

「不認識。我為什麼會認識她……？」

「是嗎？安巡警說那天看到你們一塊走出警局，我以為你們很熟。」

「啊……。我們那天只是一起走去公車站而已。」

「原來如此。哎，我以為你們上同一家補習班所以很熟。那天之後，你們在補習班沒遇到嗎？」

「沒有，沒遇到過。怎麼了嗎？」

「那個，我打了好多通電話但是她都不接。我想說要是你們認識，能不能幫忙轉達請她跟我聯絡。」

「啊……。可是我也不清楚她後來人在哪。」

「那麼你如果有在補習班遇到她，可以幫我轉達一下嗎？你知道我的手機號碼吧？」

「知道，只要請她聯絡你就行了吧？」

「對，拜託了。我們打聽過後才發現，那個包裹的收件地址是姜素曇的住處，所以要聯絡她。我耽誤你太久了，女朋友還在等吧？綠燈了，你快走吧。」

「好的，那我先走了。」

「謝謝，路上小心！」

為什麼突然問起素曇？該不會是有看到我們倆同進同出吧？我是不是應該說我們很熟才對？故意隱瞞會不會是錯誤的決定？意料之外的超展開劇情讓我思緒紛亂。

在越過人行道時，我擔心金刑警正在偷看，一直保持戒心。素曇也看出了我的緊張，噘起嘴等著我。

「始甫哥，還好嗎？在人行道跟你講話的是金刑警吧？出了什麼事？」

「那個……。」

我將與金刑警之間的對話全部告訴了素曇，確認過素曇手機的通話紀錄後，我們覺得先前的未知號碼有可能就是金刑警。

「難不成那是警局的號碼？」

「有可能。」

「你看，就是這個號碼，最近很常打來。」

「嗯……不是。前面顯示的區號和警局的不一樣。沒有別的號碼了嗎？」

「等等。那這個呢？」

「我看看。啊！是這個號碼沒錯。可是，這支電話只有打來幾次而已耶。」

「這是我在始甫哥爸媽家時打來的。」

「這樣啊，那還真奇怪。」

金刑警明明說他打了好幾通電話，是素曇沒接。

「喔，又有不認識的號碼打來了。」

「怎麼辦？是金刑警的手機嗎？」

「嗯……先不要接好了。」

電話掛斷沒多久，簡訊鈴聲響起。素曇拿起手機讀著訊息，我問了她是誰傳來的，她一言不發地思索片刻，才將手機遞到我面前。

「這裡是大同大樓警衛室。姜時民先生的包裹放在這裡保管，如今日未取回，包裹將銷毀處理。由於聯絡不上您，特以簡訊通知。」

「素曇，這是什麼意思？大同大樓是哪裡？」

「大同大樓是我上一個住處……。」

「是嗎？妳回撥電話看看。」

「好。啊！這個就是剛才打來的號碼。」

她按下撥號鍵，鈴聲一響就被接起，另一頭傳來像是上了年紀的男聲：

「喂？」

「您好，我有收到簡訊所以打來。」

「請問是姜時民嗎？」

「什麼？啊，我是他女兒。」

「哎呦，終於聯絡上了。您父親有個包裹，他怎麼一直不接電話？我也發了好幾次簡訊通知……」

「抱歉，我爸他……沒事，我過去領吧。」

「好，您什麼時候過來？」

「我今天就過去。」

「正好今天我值班，我會留到晚上，不過您過來之前還是先打通電話給我，以防萬一。」

「好的，謝謝，我晚點去找您。辛苦了。」

「不會。」

素曇掛斷電話，不發一語地望著我，陷入了沉思。

「素曇，妳不知道是什麼包裹吧？」

「不知道，爸的包裹會是什麼？」

「到時候就知道了。我們先去李真成的命案現場，之後就馬上去領包裹。」

「好。」

我們刻不容緩地離開咖啡廳，今天特別難招車，於是我們決定到最近的站牌搭公車。在走去公車站的路上，我的手機鈴聲響起。是沒看過的號碼。某種奇怪的預感催促著我立刻按下通話鍵：

「喂？」

「是我，閔宇直。」

「啊！組長？你找到手機……不對，號碼不一樣，這是誰的手機？」

「我新開通的，你們在哪？」

「我們在警局前的公車站，馬上過去。」

「那我等你們，路上小心。」

「好，請再稍等一下。」

在等公車的時候，素曇似乎很在意我與金刑警在人行道的對話，眼神不斷地飄向警局正門。早知道我就把話藏在心底，不該坦承我的不安。

我們並肩坐在公車最後一排座位，我想起第一次和她一起坐公車的那天，素曇用悲傷的神情，平靜地訴說自己的故事……。現在的她臉上掛著可愛的笑容，看著與那時宛若他人的素曇，我內心五味雜陳。不過，當想到自己正在和她創造一個又一個新的回憶，我不禁笑出聲來。

「為什麼自己傻笑？在想什麼？」

素雲好奇問道，我搖搖頭，再次露出微笑。原先鬱悶的心情好像也隨著微笑不翼而飛。

我們下了公車，朝著李真成命案現場走去，一邊環顧四周尋找閔組長的身影。這時，閔組長來電。

「組長，你在哪裡？」

「始甫！先別說話，只要聽我說就好了。」

「啊？好的。」

「你現在馬上去附近的咖啡廳。」

「……。」

「有看見旁邊的Hollys咖啡廳嗎？你進去等我電話，絕對不要東張西望，直接過去。你們被跟蹤了，盡量表現得自然一點。」

「好。」

在與閔組長通話的過程中，素雲注意到了我僵硬的表情，嚴肅地看著我。

「素雲，有看見Hollys咖啡廳吧？過去那裡吧。」

我指了指前方的咖啡廳。

「我等一下再解釋。」

「知道了。」

「不要回頭，也不要東張西望，自然一點。」

「好。」

得知有人正在跟蹤讓心情緊張了起來，越想表現得自然，就越是覺得尷尬。素曇也被我的行為影響，掩飾不住緊張。

點好餐在等咖啡時，我不經意地看向咖啡廳外，沒看見有什麼可疑的人。就在這時，手機收到一封簡訊。閔組長說現在見面會有危險，要我們去案發現場確認後再聯絡他。我回覆詢問他跟蹤者的身分，穿著什麼樣的衣服。組長說是戴黑帽、穿灰襯衫搭黑西裝褲的「安敏浩刑警」。安敏浩刑警就是先前提過的那位「安刑警」嗎？還是有另一位安刑警呢？

我拿著點好的咖啡回到座位，說：

「素曇，妳能看一下這個嗎？」

「不要嚇到。」

我讓素曇看我與閔組長互發的訊息，說道：

「天啊！警察為什麼要跟蹤我們？」

「金刑警好像察覺到了，剛才約我去警局八成是想試探……。」

「是嗎？」

「不確定，但八九不離十吧。素曇，也許會有危險，妳在這裡等，我去一趟李真成命案的地點，很快就回來。」

「不，要就一起去，我不要自己待在這裡。」

「不行，一起去的話妳可能會有危險。剛才我和金刑警對話時，他好像已經在懷疑我和閔組長的關係。如果連妳也一起去案發現場，弄不好妳也會被懷疑和案件有牽連。妳先在這裡等，好嗎？」

「我早就被懷疑了，不是嗎……？別這樣，我們一起行動。」

「妳不是還得去拿伯父的包裹嗎？不然妳先去拿包裹吧，我忙完李真成那邊的事就過去，這樣的話，他應該不會跟蹤妳。就這樣吧，我們假裝是先巧遇，然後在這裡分開，好嗎？」

素曇猶豫片刻，開口道：

「始甫哥，這樣沒問題嗎？那你怎麼辦？」

「沒關係。我會先試著甩開他。組長正在監視著，所以妳不用擔心，只要注意自己的安全就好了。拜託了，這是最安全的方法，這樣我才能安心，好嗎？」

「……好吧。」

素曇說要等我喝完咖啡她再走，聽了這句話，我不由自主地揚起笑容，她也帶著微笑，一臉調皮地開我玩笑。

我們微笑互視好一陣子，這時我從玻璃窗倒映看到一名男子在後方座位坐下的身影，他的穿著打扮和閔組長所描述的相同。大概是在外頭等不下去，乾脆進來等。

我傳訊息給素曇，要她裝成像是初次見面的樣子，她看到訊息簡短地回我表示她知道了，我看見訊息後朝她微微眨眼，她因此笑了出來。

「素曇，我們走吧？我還有約。」

「好的。」

「妳接下來要去哪？啊，妳說和朋友有約對吧？祝妳和朋友玩得開心。好久不見，遇到妳真開心。」

「是，我也很開心。」

「那我先走……。」

我們猶豫著，不知道誰先走好，尷尬地互看好一陣子。最後是素曇先站起身，朝門口走去，我便跟在她身後走出咖啡廳。在出去時我不自覺地與坐在後方的男人對視，對方驚慌地撇頭假裝喝咖啡，我忍住笑意走出咖啡廳。

我愣愣地看著素曇離去的身影，接著走向對面的案發現場。好奇那男人是否還在跟蹤，於是我作勢走進隔壁商店，瞟了眼剛才走過來的路。他與我的距離比我想像中得近，而且正朝著我走過來，我緊張地渾身僵硬。

然而，他卻若無其事地與我擦身而過，態度自然到彷彿他沒有在跟蹤我，反而是我呆望著他的背影。他頭也不回地走進前方不遠的一家超商。我確認他進入超商之後，才轉身走向李真成命案現場。

我傳了簡訊給在案發現場附近的閔宇直組長，雖然他沒有回覆，不過我卻收到了另一則令人高興的簡訊。是素曇發來的，她告訴我正在坐地鐵，詢問我的安危。我怕她擔心便立刻回傳訊息報平安，她又回覆表示知道了還附上顆愛心。哈哈，我費了九牛二虎之力才把上揚的嘴角拉回原位。

終於抵達李真成倒下的地方。為了回想屍體，我閉上雙眼全神貫注，沒過多久，屍體的形體逐漸變得清晰，為了看清楚他的臉我走近屍體。頭痛程度隨著屍體形體的鮮明度倍增，所幸還不至於像上次那麼難以忍受。我看見了耳朵、鼻子，終於是眼睛……。

就在此時，大腿傳來了手機的震動，注意力一被分散，眼前的屍體便逐漸淡化、消失。雖然有點不爽，但有可能是閔組長來電，我冷靜下來後拿出口袋中的手機。不是閔組長打來的，但是號碼很眼熟，我一時想不起來在哪見過。

我小心翼翼地按下通話鍵：

「喂？」

「始甫，我是崔刑警，崔友植刑警。」

「崔刑警嗎？有什麼事？」

「始甫，你聽好。」

「什麼？好的。」

「你現在跟閔組長在一起嗎？」

「為什麼突然問？組長怎麼了嗎？」

「因為我聯絡不上閔組長。」

「那為什麼要問我……？我不知道他在哪裡。」

「真的嗎？」

「是的。」

「好，你之後絕對不能和組長見面。」

「這是什麼意思？」

「絕對不要和組長聯絡，也不要和他見面，要是他來聯絡你，或者是你見到了他，請一定要聯絡我，知道嗎？」

「喔……好……。但為什麼要跟我說這個？」

「南始甫先生，現在有警察在跟蹤你，我們內部認為你會幫助閔組長，所以才派人跟蹤。所以，你更加不能見組長，知道嗎？」

「我嗎？為什麼要跟蹤我……？」

「閔組長被通緝了，雖然我覺得應該是被冤枉的……。但不管怎樣，在調查閔組長的通聯記錄時，發現你們最近密切通話，所以警方正在監視你。你要小心，絕對不能和組長見面，如果聯絡上組長也不要見面，而且要通知我。請務必答應我，好嗎？」

崔刑警也和金刑警一樣，向我透露了閔組長最近的情況。但他居然說「好像是被冤枉的」？崔刑警真的是站在閔組長這邊的嗎？

「好的，如果他聯絡我，我會告訴你。不過，你說他好像是被冤枉的，那是什麼意思？」

「你應該也知道吧？你說看見的那具屍體，是我們刑事科的李警衛……他幾天前在洗手間……上吊了。媽的！李警衛不是自殺，是他殺……但是居然說是組長殺的，到底說什麼鬼話……。南始甫先生！你有在聽嗎？」

「喔，是的，我在聽。」

「我說的有錯嗎？到底發什麼神經……怎麼能說組長是殺人犯！不過麻煩的是問題還不只這樣。」

「還有什麼事嗎？」

「偏偏那支行車記錄器的影片成了鐵證，這下子情況變得騎虎難下……。那個金混帳……啊！抱歉，我說話太難聽……。總之，那個金刑警一心想晉升成組長，不知道從哪裡找到那支影片……。啊，就是說以前發生過計程車司機暴力事件，不屬於我們管轄範圍，但聽說那起案件的犯人是組長。影片的確有拍到組長……不！一定也是金範鎮那混帳捏造的！絕對是！那混帳又不是第一次幹這種事。幹你……啊，抱歉，我好像太激動了。我一激動就會爆粗口。」

我的提問就像火上澆油。

「原來如此，但也有可能真的是他做的吧？」

「什麼？」

「因為……」

「南始甫！沒想到你是這種人！難道你看不出來嗎？組長怎麼可能！你覺得他像是會殺人嗎？他那麼照顧你……。」

「什麼？」

我也不過和閔組長見過幾次面，是要看出什麼？

「你，算了。總之，這是刑事科的緊急狀況。刑事科要我退出這個案子，我無能為力。更讓人擔心的是，警察廳廣域搜查隊要親自調查……。被任命為總組長的蔡警長親自出馬，他是組長的萬年死對頭，如此一來情況只會對組長更不利。總之，事情已經變成這樣了，你見到組長一定要聯絡我。如果還是覺得不安，至少把我說的話傳達給組長，知道嗎？一定要！」

「我會的。」

「好。還有，要是有什麼事，就打這支號碼給我。」

崔友植刑警真是……雖然講話很粗魯，又個性火爆，但好像很重感情。願意透露這麼多警察內部消息給我，應該是想幫助閔組長的沒錯吧。不知道能不能相信他。

蔡……叫什麼來著？蔡警長？和閔組長是死對頭？這麼看來，閔組長好像說過他的晉升對手是一個姓蔡的，但對方仗著有父親當靠山得到機會。如果是這個人調查閔組長的話，如崔刑警所說，情況會對閔組長很不利。

我能繼續相信閔組長嗎？首先，我要儘快確認李真成的屍體，再去找素曇。啊，跟蹤我的那個刑警現在去了哪？還在超商嗎？我望了一眼超商，但沒見到人影。

「呼……。」

我鬆了口氣，再次試著回想李真成的屍體。不管回想幾次還是感到驚悚，作嘔感也絲毫未減。我的視線越過血淋淋的胸口，再沿著往上移到他的臉，終於看見了他的眼睛。啊……他的眼睛是閉上的。

該死，的確不是每個人死的時候都會睜眼。難道從這具屍體上看不見任何與命案有關的線索嗎？還是能看得出有什麼異狀嗎？

只是在腦中回想，屍體卻彷彿就在眼前，鼻子聞到一股怪味，幻覺竟然還延伸到嗅覺了……。暈眩噁心感直教人難以忍受，咦，等等！他的臉旁邊有塊玻璃碎片，是眼鏡碎片嗎？不，是太陽眼鏡。我從破碎的太陽眼鏡鏡片裡看見了殘影。

我靠向前，喃喃自語：

始甫，再專注一點……再靠近一點。

好眼熟的裝扮……。我是在哪裡看到過？這張臉……這張臉……該死！臉太小，看不清楚。我越是想集中精神，頭就痛得越厲害，再這樣下去我該不會又要暈倒了吧？碎片中的人穿的衣服我一定有看過，實在太眼熟了，究竟是在哪看到的……。我必須趕快想起來，這個人肯定和李真成的死有關。

這時，手機再次響起，感受到震動的瞬間，眼前的屍體也消失了。

「組長，你現在在哪裡？在附近嗎？」

「始甫，素曇去哪裡了？」

「她回以前的住處領包裹。」

「包裹？知道了。你現在到考試院來，我正在過去的路上。」

「要是警察守在考試院前怎麼辦？」

「你只要眼睛往前看，大方走進考試院就行了。我會觀察情況找機會進去。」

「可是……啊，對了，剛才崔友植刑警打來。」

「是嗎？他說了什麼？」

「他好像有一直打給你，希望你能跟他聯絡。你打給他看看吧？」

「知道了，我再聯絡他吧。」

「還有，警方調出了我和你的通聯紀錄，現在正在跟蹤我。你現在這樣和我通電話，會不會暴露你的位置？」

「哈哈，你電影看太多。是崔刑警說的嗎？不會啦，不用擔心，我再聯絡你。」

真的追蹤不到他的位置嗎？我掛斷電話，走向考試院時，突然閃過一個想法，想見一見在超商的那名刑警。我不知道哪來的勇氣，不假思索地朝超商走去。

一到超商門口，我便透過玻璃窗看見那名跟蹤我的刑警。他坐在玻璃窗對面的桌前，望向窗外一邊喝著牛奶。

我若無其事地走入超商，走向飲料架，買了瓶氣泡水後，任由那股不知來處的勇氣帶領我坐到了刑警身旁。我喝了口氣泡水後，自然地看了眼身旁的他，又轉向正面。

然而，他突然側過身向我搭話：

「南始甫先生？你是南始甫先生吧？」

「什麼？是的，有什麼事嗎？」

「果然沒錯吧？我就覺得我見過你。」

「你怎麼會認識我？你是誰？」

「我是銅雀警局的安敏浩刑警，你可能不認識我，我記得你先前來過警局。我的記性在這種時候特別好⋯⋯。哈哈。」

「啊，你好，當時那位……閔組長還好吧？」

「你是說閔宇直組長？啊……是的，他很好。」

安刑警隻字不提閔組長的事，看來從他這邊也套不出什麼情報，正當我想要站起來時，突然被他的衣服吸引了視線，問道：

「你身上這件衣服是哪裡買的？真好看。」

「什麼？這件襯衫嗎？喔……這件是……」

「不，不是襯衫，是裡面的衣服。」

「這件T恤嗎？你覺得這件衣服好看？」

「是的，衣領的設計很特別，看起來很有型。藍色和你的襯衫也很搭。還有這翅膀圖案也很好看。」

「啊哈，是嗎？這是警徽。是警察的團體服……。我們刑事科一起訂做的。」

「原來如此，只有刑事科的人才有這件衣服嗎？」

「可能吧？這我不清楚，不過這個顏色確實只有刑事科的人會穿。你是第一個說這件衣服好看的人，哈哈。」

「是嗎？哈哈……。那麼我還有事先走了。辛苦了。」

「好，慢走。」

始甫啊，你到底哪來的膽？簡直是要嚇破膽了。究竟是在發什麼神經，居然向跟蹤你的刑警問這些，真是夠了……。

我暗中自責走出超商，但是我不能不問。因為安刑警與李真成的太陽眼鏡碎片映出的人，穿著顏色不同、款式類似的衣服。T恤的設計和翅膀的形狀如出一轍，尤其是老鷹與太極旗警徽標誌中的翅膀部分格外醒目。儘管我沒看見完整的警徽，但我敢斷言是同一個標誌。

不過，碎片映照出的T恤是灰色的，考慮到太陽眼鏡鏡片本身的顏色，實際上有可能是藍色的。即使不是，也能確定那個人是名警察。也就是說，我看見的兩具屍體都和警方脫不了關係？

李警衛眼中映出的人也是警察，目前只知道不是閔組長、崔刑警、金刑警、安刑警這些我認識的警察。不過，李真成鏡片碎片上的人，不排除是他們其中之一，萬一是閔組長……不，不會的。猜疑總是在腦中趁虛而入。

我走出超商，抄捷徑回到考試院。安刑警還在跟蹤我嗎？好奇歸好奇，但我遵照閔組長的交代，不東張西望、頭也不回地走到考試院前，直接走入考試院。

閔組長不在房裡，難道外面有警察？是因為警察的關係才進不來嗎？我怎麼會淪落到被警察跟蹤的地步？本想打電話給閔組長，又擔心素曇的安危，於是決定先打給她。

「素曇，妳現在在哪？」

「我剛從警衛室領完包裹出來。」

「這樣啊，我人在考試院。」

「我現在過去。」

「不，先不要……嗯……。不要過來這裡，外面可能有警察守著。」

「那我應該要去哪裡？回我家嗎？」

「喔……那裡可能也有警察。」

「我應該不會怎樣吧？行車記錄器都被帶走了……。」

「也是，那妳回家吧，不過還是要提高警覺，以防萬一。有事馬上打給我。」

「好。你還好嗎？說要幫閔組長卻像是自討苦吃。」

「別這樣說。」

「可是，老實說……不是嗎？組長有可能真的是犯人，就算不是，因為組長變成這樣算什麼啊？這樣子幫他，萬一他是真凶怎麼辦？」

「喔……。妳已經很辛苦了，還讓妳這麼操心，真的很抱歉。我理解妳的擔憂，不過在我身上會發生這種事，其中應該是有什麼理由，所以我才會遇見組長，有機會幫他的忙。」

「我不是那個意思，我是擔心你……」

「我懂妳的意思。素曇，組長不是犯人。雖然說不出個所以然，但我的直覺這麼告訴我。我認識他的時間不長，不過他身上沒有一絲殺人凶手會有的殺氣。再說，他的刑警同事也斬釘截鐵地說不是他。」

「可是萬一……萬一真的是。呿，好吧……。既然你這麼說，那也沒辦法。你要時時刻刻注意安全，知道嗎？不要再發生讓我傷心的事，你懂我的意思吧？」

「我不會讓妳傷心的，妳相信我吧？」

「相信，那我等你的聯絡。」

素晝仍然懷疑閔組長，我當然也並非全然信任他。但是就如同我對她說的，我不認為閔組長壞到像個殺人犯。

在我考慮要不要打給閔組長的那一刻，走廊裡傳來腳步聲，而且是朝著我的房間而來。腳步聲越來越近。是閔組長嗎？

我屏住呼吸，繃緊神經，凝神細聽房外的聲音。就在這個瞬間，手機鈴聲忽然響起，我沒來得及看來電者的名字就慌張按掉，緊張地吞了口口水，再次側耳傾聽房外，但沒有任何動靜。不是閔組長嗎？會不會是警察走過來但停下腳步，或是掉頭離去？

手機又響了，這次我沒按掉，看了眼來電者姓名。是閔組長。那在門外的真的是警察？我怕手機鈴聲驚動外面的人，飛快接起電話，壓低聲音道：

「組長，你現在在哪裡？」

「你怎麼不接電話？」

「喔，抱歉，我覺得房間外面有警察。」

「你怎麼說話這麼小聲？你說什麼？手機出了問題嗎？始甫？聽得見嗎？」

「咳咳，不是的，不是那樣的。」

「喔，聽見了。你怎麼不接電話？快出來。」

「出去嗎？現在好像不行。」

「為什麼，出了什麼事嗎？」

「房外有警察。」

「啊？始甫？怎麼又來了。始甫？聽不清楚，說大聲一點。」

「組長，我現在不能說太多，警察好像就在房間外面。」

我盡可能提高音量。

「喔，我聽到了。但應該不是吧？不是警察。始甫，警察剛才撤隊了。」

「警察撤隊了？不會吧，剛才外面還有人……你等等。」

喀啦。

我輕手輕腳地打開房門，走廊外沒有任何人。剛才的聲音不是警察？

「真奇怪。」

「什麼？哪裡奇怪？」

「沒什麼，我現在就出去。」

「好，我在考試院旁的超商，你過來吧。」

「好的。」

太奇怪了，是我反應過度嗎？只是別的房客嗎……？如果警察不久前撤隊，意味著他們有派人守在這，所以素曇家可能也有警察守著……。她沒事吧？

我將手機充電器和幾本上課講義收進包包裡，戴上帽子，刻不容緩地離開房間。當我經過考試院走廊時，另一間房間的門突然打開。

「啊啊！」

「呃啊！吼，幹嘛啦，嚇死人！」

「啊……哦……。對不起，我也不知道是怎樣……。」

幸好不是警察，是隔壁房間的學生。

「你幹嘛嚇這麼大一跳？有人從房間出來，有什麼好驚訝的？」

「哈哈，是啊……。抱歉。」

看來警察的跟蹤害我變得神經兮兮，我努力鎮定下來，連忙離開考試院。我走到超商附近時，閔組長便迫不及待地從超商裡出來迎接：

「始甫，走吧，快跟上。」

「要去哪裡？」

「我們要先離開這一帶。」

「離開？要去哪裡？」

「搭地鐵。我們先去地鐵站，走過去的路上想想要去哪裡。」

「什麼？現在才想要去哪裡？」

「抱歉，我本來打算拜託熟人，結果每個都說警察去找過他們了，或是正跟警察在一起，所以我還沒決定要去哪裡。給我一點時間思考。」

「啊……抱歉，我太狀況外了。」

「不會，你不知道是當然的。」

我考慮片刻後，告訴閔組長：

「組長，我覺得先去素曇家比較好。」

「素曇小姐現在在家嗎？」

「不會，她可能還沒到家，應該……。」

「對了，你說她去舊家領包裹對吧？是什麼包裹？」

「她以前住處的警衛室聯絡她，說有一個寄給她父親的包裹，她也不清楚是什麼。」

「是嗎？所以她正在回來的路上？」

「對，現在可能是在搭地鐵，或是到家附近。」

「什麼？你說素曇小姐一個人回家？」

「對，因為素曇和這次案件沒有太大關係……。」

閔組長皺眉，憂心忡忡地說：

「雖然這話也沒錯，但不能保證素曇小姐能百分之百安全。她和你在一起的事曝光了，警方跟蹤的時候或許察覺到了什麼。她也有可能遇到危險，快打電話問她在哪裡。」

「啊，好的。」

我忙不迭地打給素曇。然而，等候鈴聲響了許久卻遲遲無人接聽。

第8話
有人會死

「為什麼不接？她沒有接電話。」

我再重打了一遍，素曇仍然沒接電話。

「怎麼辦？」

「她沒說會從哪裡過來嗎？有說她以前住哪裡吧？」

「那棟大樓的名字是……等等，我想一下……。」

「沒辦法了，我們去素曇家附近等吧。先傳訊息告訴她。」

「啊！她打來了。」

我怕電話斷掉，趕緊按下通話鍵：

「素曇，妳在哪裡？」

「剛剛在走路沒接到。我正在地鐵上，你呢？」

「我和閔組長正往妳家的方向走，妳現在在哪一站？」

「這裡是……剛過市廳站，再三站就到了。」

「啊，好，等等。」

我向閔組長簡單地轉達通話內容：

「組長，素曇剛過市廳站，正在過來的路上，我們要去鷺梁津站等嗎？」

「好，快走吧。」

「素曇，那麼我們在鷺梁津站見，我們會過去等妳，到了就打給我，知道嗎？」

「可是，始甫哥……。」

「怎麼了？」

「我確認了寄給我爸的包裹，不是普通的快遞。裡面有一個ＵＳＢ。」

「什麼叫不是普通的快遞？」

「不是快遞送來的，是有人親自放到警衛室。」

「真的嗎？妳看過ＵＳＢ裡面有什麼了嗎？」

「還沒，我打算回家看。」

「好，知道了，見面再說。」

「好。始甫哥，等會見。」

我掛了電話，嚴肅地看著閔組長，閔組長用滿意的表情看著我，道：

「不錯喔，你們看起來登對，講電話的時候也很甜蜜。這段時間進展神速喔。你喜歡素曇小姐吧？」

「唉呦，不要鬧。」

「哈哈，知道了，不過剛剛那話是什麼意思？ＵＳＢ？」

「啊，寄給素曇父親的包裹不是快遞公司送的，可能是有人放在警衛室。她說包裹裡面有個ＵＳＢ，但還沒看內容。打算見面再說。」

「看來有些什麼……。」

「什麼？」

「有人像送快遞一樣放在那裡……而且裡面還有ＵＳＢ？事情不尋常。肯定有什麼事。快走吧。」

閔組長隨後告訴我自己與崔刑警通過電話，但崔刑警告訴他的內容，和告訴我的內容沒有太大區別。

「金刑警如此不顧一切，到處調查是有原因的。」

「什麼原因？」

「聽說他晉升組長一事被暫緩了。他可能想藉由這次的事立功，表現給上級看，確保自己能得到組長的位子。」

「是為了升遷才這樣的嗎？」

「是吧，不清楚，也許有我們不知道的其他原因。還有，你和我經常聯絡這件事，讓負責調查延佑案件的搜查官起疑，把你列入了調查名單。」

「喔，對，我知道，我聽崔刑警說了。」

「但就算這樣，你也不該讓素曇落單，以後絕對不能讓她獨自行動，知道嗎？」

「是，組長。是我想得不夠周全。」

回答的同時我也加快腳步。

「嗯。他還說很快就會公開通緝我，我們得在搜查範圍縮小之前，盡快找出真凶。」

「真的嗎？要是被公開通緝的話……事情一定會變得更棘手，呼。」

「幸運的是，我覺得已經越來越接近真凶了，這都多虧有你。」

「沒有啦，我什麼都沒做……。」

我們搭上開往鷺梁津站的公車，我提起剛才看了李真成屍體的事：

「組長，我確認過李真成的臉旁邊有太陽眼鏡碎片，鏡片上看得到殘影，可惜看不清楚對方的長相，只看到T恤上有老鷹翅膀的圖案。」

「是嗎？老鷹翅膀……。」

「對，翅膀的花紋模樣與安敏浩刑警的警察團體服標誌一樣，衣服也是同款設計。」

「安刑警？跟蹤你的安刑警嗎？你什麼時候把他的衣服看得這麼仔細？」

「呃……那個……。」

我實在無法告訴閔組長我今天做的魯莽行徑，支支吾吾說道：

「總之，我想李真成命案可能與警方有關。」

「的確，如果你看見的是那個圖案，那不會錯。不過，警徽上的鳥不是普通的老鷹，是虎頭海鵰。那個圖案象徵著牠用爪子擒住木槿花[*7]，振翅衝上雲霄。」

「啊，原來是虎頭海鵰。啊哈哈。」

閔組長解釋警徽的聲音與眼神，充滿了身為警察的自豪，這種人怎麼會遇上這種事呢……？我不禁對必須避開警察同僚，躲躲藏藏的閔組長心生憐憫之情。

---

*7：韓國國花。

聽了閔組長的話，我冷不防想起從閔組長屍體眼睛看見的面孔。

等等……。這麼看來……那個人和從李延佑警衛眼睛裡看到的是同一個人。我怎麼會現在才發現？那麼只要調查與李警衛和閔組長的死有關的人——崔警監，就能找到凶手嗎？在那之前，我該告訴閔組長他很快會遭遇死劫嗎……？雖說事已至此，但是不是該向他坦白？閔組長若是知道自己將死，會有什麼反應？該不會自暴自棄吧？即使親眼預見了自己的死，我至今也仍難以相信……。

思緒如潮水般襲來。

「始甫，該下車了。」

「啊啊，好的！」

我尾隨閔組長走下公車，決定先打探崔警監的消息，於是開口詢問：

「組長，交通管理係有個崔警監吧？」

「崔警監？對，有這個人，怎麼了？」

「你認識他嗎？」

「就……介於熟與不熟之間。」

「啊？所以到底是認識還是不認識？」

「哈哈，就是職場同事。你問他幹嘛？」

「他就是我在李延佑屍體眼睛裡看見的人。」

「什麼？難道凶手是崔警監？」

我回想起在警局前看見的車後座乘客，回答：

「不是的，那個……我現在還不確定崔警監長什麼樣子。」

「那你為什麼認定是崔警監？」

「因為他的下巴有一顆痣。不久前，我偶然看見他走進警局，我問了金刑警他的名字……他跟我說是崔警監。」

「崔南吉警監，沒錯，他的下巴有一顆很大的痣。金刑警說下巴有痣的是崔南吉警監，對吧？」

「對，可是為什麼會看見崔南吉警監呢？」

「在延佑的眼睛裡出現了崔警監？真奇怪，看不出之間的關聯。」

「崔警監會不會有什麼線索？」

「線索……。也不能直接問他……。要是崔警監和這起案子有關，那麼他絕對不會開口。總之，這件事我知道了，我會想辦法打聽。不過，你現在能回想起延佑的屍體了？之前要回想時好像很痛苦。」

「啊，是的，我看到坐在車上的崔警監時就想起來了，頭也不會痛。」

「那太好了。素曇差不多到了吧，要不要邊等邊喝杯咖啡？」

閔組長指著咖啡自動販賣機問。

「好啊。」

我看了眼手錶確認時間，雖說還不到地鐵到站時間，但不自覺地環顧了周遭。閔組長將硬幣投入自動販賣機，抽出罐裝咖啡的同時說道：

「我有想過該去哪裡暫避風頭，因為不好拜託熟人收留，可能得去仁川找家民宿。不好意思，這樣安排你可以嗎？」

「可以，我無所謂，不過你有現金嗎？」

「放心，我已經準備好了。」

閔組長微笑著，又補充道：

「你真的不想當警察嗎？你是怕刷卡會被查到紀錄，才問我身上有沒有現金吧？」

「對，因為電視劇和電影常常這樣演，哈哈。」

「沒錯，最近的電視劇和電影都很貼近現實，很有趣，卻也導致模仿犯罪率大增。逼真固然好，但太過刺激的場面也讓人擔心。」

「對啊，看來你也常追劇？」

「我喜歡看推理劇，學生時期就很喜歡了。」

「原來如此。我也喜歡推理小說和推理劇。阿嘉莎・克莉絲蒂的《東方謀殺案》真的很有趣。」

「哦，你這麼年輕竟然會喜歡阿嘉莎・克莉絲蒂的小說？不過，那本書是叫《東方快車謀殺案》啦，哈哈。」

「啊哈哈，書我看得少，更常看電視劇和電影。」

「我看你不要考行政了，去考考看警察吧。你有這方面的天分，再加上那特別的能力，你生來註定當刑警。」

「刑警?拜託!別開玩笑了。」

「我沒在開玩笑,你考上警察以後報名刑事科吧,而且一定要自願分派到銅雀警局,哈哈。」

「好好好,我會考慮的,組長大人。」

「怎麼這樣?我真的不是在開玩笑。」

和組長閒聊絲毫沒察覺時間流逝,沒多久素曇打來了。

「等等,是素曇的電話。」

「好,快接。」

「素曇!妳在哪裡?」

「我剛下地鐵,該在哪碰面?」

「喔,妳在月台上等一下,我們進去找妳。」

「為什麼?我們要去哪裡嗎?」

「喔,這個啊……。等我們進去再說。」

「好,那我等你。」

我掛斷電話,向閔組長轉達情況:

「組長,她剛下地鐵,我們往那邊走吧,搭往仁川方向的地鐵就行了。」

「好,快走吧。」

我們通過驗票閘門走下樓梯,這時候,我上次倒下的那個地方映入眼簾。我一時間忘了這裡就是事發地點。

我停下腳步，瞬間全身起雞皮疙瘩哆嗦著，一陣不安襲來讓我直冒冷汗。同行的閔組長看著我，我依稀聽得見他在問我還好嗎，但我卻只是呆站著無法回答。他的聲音在耳邊嗡嗡作響，怎麼也聽不清楚，我感覺到閔組長用雙手抓住我的肩膀使勁地搖晃。

「始甫！你還好吧？怎麼突然這樣？」

「什麼？啊，我沒事。」

「你臉變得好蒼白，真的沒事？」

「嗯……對。我沒事，真的沒事。」

「這樣不行，過來這裡，先坐一下再走。」

「不用了，素曇在等……。」

「現在的問題不是素曇小姐，你整個人看起來……欸欸！南始甫！」

我直接昏了過去。

「要打119嗎？這下糟糕了。」

站在月台上的素曇看見這一情景後慌張跑來，繼閔組長左右為難的聲音之後，我聽見了素曇的聲音。

「呃呃……。等等……。」

他們兩人拿出手機，正商量著要不要打電話叫救護車。光聽聲音就能感覺到事態急迫。

「始甫哥！始甫哥！你還好嗎？」

「嗯……素曇，我沒事……不用打電話。」

「始甫，你沒事吧？聽得見我們說話嗎？」

「聽得見，讓我休息一下就好。」

「怎麼突然這樣？」

我的眼睛無法完全睜開，不停地調整呼吸，在恢復之前只能依靠著他們兩人。

現在必須坦白說出來了，繼續隱瞞也無濟於事，還是實話實說比較好。可是……如果我說出實話，閔組長能接受嗎？要是他因此而痛苦，或是因為痛苦而自暴自棄又怎麼辦？

要接受自己的死亡並不容易，不，是絕對無法接受。對一個竭盡全力，想洗脫罪名的人說他將不久於世，他會是什麼樣的心情？真希望有人能教我該如何告知死訊。

在這時候，我聽見素曇勸阻閔組長去仁川，提議去我位於水原的父母家。閔組長還在猶豫時，我嘟噥著表示同意。閔組長暫時也想不到其他更好的辦法，於是便答應提議。不過，考慮到警方正展開追捕，水原的父母家可能也不安全，必須先打電話確認情況。

等到意識差不多恢復，我立刻打給老媽：

「媽，是我。有人去找過你們嗎？或者屋子周圍有沒有可疑的人？」

「沒有啊。兒子，你發生了什麼事嗎？」

老媽擔心地追問，我不知道該如何說明，於是藉口考試院出了些問題，正在回家的路上後便急忙掛斷電話。好巧不巧，開往水原的地鐵也到站了。

「始甫，你現在感覺如何？」

「我沒事了，剛才嚇到你們了吧？」

「你哪裡不舒服嗎？是因為頭上的傷嗎？」

「不是的，我沒事。」

「你真的沒事？這不是你第一次暈倒了。」

素雲驚訝地望著閔組長問道：

「什麼意思？」

「他之前在警局也暈倒過……。聽說當時也是休克，是吧？」

「嗯，對，最近偶爾會這樣。哈哈，醫師說我只是單純貧血啦……。」

「是嗎？醫師這樣說？那就好，你有在吃藥吧？」

「始甫哥，你是說真的嗎？你頭上的傷口也是因為……。你老實說，不是單純貧血，對吧？你是不是在說謊？」

「沒有。素雲，是真的，我只是……」

「只是什麼？啊！我想起來了，你在補習班後面的休息室是不是也暈倒過？對吧？沒錯！當時倒在地上的人就是你。醫師真的說沒問題？」

素雲不斷地追問，我只好拿出了皮夾裡的醫院收據：

「看這個吧。我真的去醫院照了電腦斷層，也有看診，醫師說沒有什麼問題。」

「那你頭上的傷也是暈倒造成的嗎？」

「這個是……。」

我不知道該說什麼好，打算要點小聰明蒙混過去，臉卻因此發熱：

「始甫哥，你生氣了嗎？臉變紅了。」

「沒有！我幹嘛生氣。」

「沒有就好。我相信你，可是你經常暈倒讓我很擔心，還撞傷頭……啊，你說頭不是因為這個。總之我很擔心你的狀況。」

在一旁看著我們的閔組長說道：

「是啊，始甫，以防萬一，你再去大醫院檢查一次吧。」

「不，其實……」

我遲疑了一下子，素曇和閔組長目不轉睛地看著我。

「其實我會暈倒是有其他的原因。」

「什麼原因？」

「我不是身體出了問題，我很健康。是因為我看見屍體的能力。」

我頓了一下，看了眼素曇和閔組長，他們微微地點頭，等著我繼續說下去。

「在我看見屍體的地方，該說屍體的主人嗎？有點難形容……。就是說，如果在出現超自然現象的地方遇見過還活著的屍體主人，我就會暈倒。如果我回想看過的屍體頭就會劇痛，嚴重時甚至會直接暈倒。

幸好頭痛的程度有越來越減輕了。」

閔組長大吃一驚，難以置信地反問：

「只要有看過屍體的主人就會暈倒嗎？」

我像是要進行重大發表一樣，深呼吸了一口氣之後說：

「其實……我今天凌晨在鷺梁津站的月台樓梯……看到了自己。確切來說，是看到了自己的屍體。」

雖然只有片刻，但令人窒息的寂靜流淌於我們三人之間。

「你看到自己的屍體？」

「這是什麼意思？為什麼會看到自己的屍體？」

「那時候已經超過晚上十二點，我搭車到鷺梁津站要回家，在上樓梯時突然意識模糊。那時候，我看見有個男人倒在樓梯上。儘管我沒看清楚他的臉，但那個人很明顯就是我……。而我看到屍體後一時間失去知覺。就像剛才經過那裡便暈倒了一樣。」

「呃……這種事……。」

「始甫哥……那要怎麼辦？不會的。不可能，你怎麼可能會死。」

「素曇，妳冷靜，我沒事。」

「你最好沒事啦！你就要死了……。為什麼現在才說，為什麼！嗚……。」

素曇雙手捂住臉啜泣。

「素曇，不要哭。唉呦，看來不應該告訴你們，早知道就不說了。」

「不是的，幸好你現在說了。」

閔組長這句話引來素曇側目，她哽咽問道：

「幸好？組長，這好在哪裡？」

「素曇，別這樣。我現在很好，拜託妳先冷靜。」

「我不是那個意思。」

「也許組長會覺得很慶幸，但你怎麼不想想始甫哥有多害怕，內心有多折磨。還有我……」

閔組長一臉為難，想盡辦法安慰素曇：

「抱歉，素曇小姐，也許妳聽起來像是在慶幸……。但我不是那個意思。」

「一定是因為你，不然始甫哥好好的，怎麼會突然？在這種時候死掉？一定是為了幫你才造成的！」

我抓住素曇的肩膀試圖讓她冷靜下來。我看著她沉著地說：

「素曇，妳冷靜聽我說。這不關組長的事，就算真的與組長有關，那也是我的選擇，不是組長的錯。我懂妳的心情，但妳要冷靜。」

「不，始甫，我沒關係。我理解素曇小姐的心情。素曇小姐……」

「我不管啦！我討厭始甫哥，也討厭組長！」

「素曇！」

素曇推開我的手，離開了座位。

「始甫，暫時別管她吧，讓她一個人靜靜。到水原站還要一段時間……。抱歉，也有可能就像素曇小姐說的，都是因為我。你忍在心裡肯定很煎熬。」

「組長……死是什麼感覺？雖然小時候想像過，但那和我看見自己的屍體，預知自己的死期，根本無法相提並論。」

「是啊，一定的。」

「說真的，一開始我什麼都沒想，完全沒有真實感。在剛才的地方看到我的屍體那瞬間，心情就像站在高樓欄杆上那般膽戰心驚。但是過了一陣子之後，又恢復如往常一般平靜。雖然要是又見到自己的屍體，應該還是會很痛苦。」

「很高興能聽到你說出自己的心情，要是說我能理解，那便是在說謊。但打從我當上警察，每天都抱著不知道何時會死去的覺悟。當我的同事在我面前受傷或死去時，我總是希望死去的那個人是我，而不是我的同事。」

「啊……的確會。」

「隨著資歷的累積，經常看到破碎不堪的屍體，對死亡的感覺似乎逐漸變得遲鈍。不過當看到延佑那樣……覺得彷彿天崩地裂，我因此哭了好多次。你知道我哭的時候，最先想到什麼嗎？對延佑的思念？歉意？都不是。是想到對死亡的恐懼。」

「……。」

「見到同事喪命，產生對死亡的恐懼與害怕……。這還是我第一次感受到這麼強烈的恐懼。我第一個反應不是痛心延佑的死，而是想到自己或許也會如此。我因此對他感到很抱歉，心情煩亂，不自覺地一直落淚。我從來沒有哭成那樣過。」

閔組長稍微側過臉，用手拭去淚水。

「組長，謝謝你。你的這些話給了我很大的安慰。」

「是嗎？這些話哪能安慰人。無論如何，讓我們一起想辦法吧。俗話說天無絕人之路。不是嗎？」

「辦法？」

「始甫，你這麼快就忘了？是你救了素曇小姐啊。」

「啊！對了……。沒錯，我為什麼沒想到呢？」

「不要自責，接下來我們一起找解決的方法，所以別太擔心，知道嗎？」

「可是……。」

當我正打算對閔組長說出至今不忍透露，努力隱瞞的死亡預告時，素曇彆扭地走了過來，對著閔組長說道：

「那個……閔組長，對不起，是我太暴躁了。」

「喔！素曇小姐，別這麼說，我可以理解。」

素曇在稍遠的地方聽見我們的對話，垂下肩膀，沮喪地望著閔組長。

「我沒關係，妳留在始甫身邊替他打氣吧。」

「始甫哥，我剛剛都聽到了。就像組長說的是你救了我，我也一定會想盡辦法救你的。」

「謝謝妳這麼說，素曇，真的很謝謝妳。」

「我不是口頭說說而已，我一定會救你。」

是啊，正如閔組長所說，我怎麼沒想到這一點？是我挽救了素曇的生命。在預先知道素曇會從屋頂跳樓輕生之後，我到了事發地點救回了素曇。如果有人能在那裡救我一命……那我也能活下來嗎？這是絕對有可能的，而且也會有機會救回閔組長。肯定能阻止死亡發生。我應該盡快告訴閔組長，制定對策。

就在此時，我的手機鈴聲響起。

「喂？媽，我……」

「始甫啊！你在首爾發生了什麼事嗎？」

「沒有啦。媽，什麼事都沒有，只是考試院……」

「警察來過店裡。」

「警察？為什麼……？有說什麼事嗎？」

「說你是什麼的目擊證人，我跟他說你沒有回來。」

「目擊證人？」

「是啊，說你是什麼案件的目擊證人，要保護你的人身安全，但是你不在首爾的考試院，所以才找來我們這。」

「媽，妳有告訴他們我要回家嗎？」

「到底是什麼事？我怕有什麼萬一，所以沒有提到，只有說要是你回來的話我會聯絡他們。不過說也奇怪，我接到你打來說要回來之後，警察就來了。他們明明能打給你，幹嘛非得跑到這裡來。」

「哇，我們老媽真厲害，竟然會想到這一點。」

「別看我這樣，我可是從小到大接受推理小說的洗禮，呵呵。」

「是是是，真是愛吹牛。媽！我現在要回家了，絕對不要聯絡警察，我回家再跟妳解釋。沒什麼事，不用擔心。要是警察又來，妳就說我在首爾，其他事都別提，好嗎？」

「知道了，路上小心。」

「爸呢？爸也知道嗎？」

「你爸正好不在，在的話才不會被你這兩三句話打發掉。你也知道他那個性子。」

「我知道，哈哈。媽，晚點見。」

「好，兒子。」

我掛了電話，小小嘆了口氣，試圖解輕心中的擔憂。

「始甫，警察去你父母家了嗎？」

「不是去家裡，是去我爸媽的店裡。組長，現在怎麼辦？」

「那麼你父母家現在也不安全了，我們先去別的地方吧？」

「好，這裡是水原站……。」

「或者我們先在水原站下車，確認USB裡面有什麼，再想下一步怎麼樣，組長？」

「嗯……。」

「是啊，組長，先確認USB的內容再想怎麼做吧。」

「知道了，那先在水原站下車吧。」

我們快步走出水原站，找了間附近的網咖。我還沒機會告訴閔組長關於他的死訊，每次都錯過機會。

我們挑了個角落的位置，一邊觀察四周，一邊確認USB裡的資料夾。我們先打開了兩個資料夾中名為「蟋蟀」的資料夾，裡頭有一個影片檔案，點開檔案後便開始自動播放。眼前出現的是熟悉的畫面。

第9話
兩個真相

「素雲！這不是妳爸的行車記錄器拍到的影片嗎？」

「沒錯，始甫哥，這是一樣的影片。」

「李真成是不是以防萬一，才把它送到妳的舊家？」

「好像是，要開其他的檔案嗎？」

「好，也許會有不同內容。」

「素雲小姐，等一下。」

素雲正要關掉影片時，閔組長伸手攔住，說道：

「這影片明顯是偽造的，再看下去。」

「喔，是有這種可能……咦！等等，再倒回去看一下。」

素雲聽見我急促的聲音，慌張地按下倒退鍵。

「這裡！再播一次這裡。」

「怎麼了？」

「看好了，素雲，這和妳家那支影片的拍攝角度不一樣，對吧？」

「拍攝角度嗎？」

「對，在妳家看的影片鏡頭架在駕駛座附近，而這支影片是正面……不，是從靠近副駕駛座的位置拍攝的。」

素雲仔細看了看影片後，答道：

「啊……好像真的是耶。」

「這是另一支影片嗎？」

「對，這和在素曇家裡看見的影片不一樣，就像組長你說的，你確認了素曇父親意識恢復之後，就拿走了行車記錄器。」

「真的耶……。可是這裡只拍出組長叫醒我爸後，拿走了行車記錄器。那我們上次看到的影片是什麼？真的有兩個行車記錄器嗎？」

「就算不是另一個行車記錄器，也應該是小型針孔攝影機。組長之前也有懷疑過。」

「嗯，沒錯。就像這支影片拍到的一樣，我看見素曇小姐的父親清醒之後，便嚇得立刻逃跑。之前聽始甫描述影片內容，我猜應該是有另一個攝影機。你們看見的那支影片是為了誣陷我而捏造的。」

素曇氣憤地說：

「到底是誰做的？為什麼要殺了我爸？那天究竟發生了什麼事？」

「素曇，妳先冷靜下來。組長，你真的不知道可能是誰做的嗎？會做出這種事的，是不是有和你結仇的人？」

「是，很有可能。跟我有仇的……但刑警的仇家多的是。我想這個案子也和李真成命案有關。」

「李真成嗎？」

「你認為是同一個犯人？」

「我不確定，是同一人所為還是有共犯，我們都得先搞清楚。」

「共犯？」

竟然存在共犯的可能，至今都認為是同一人所為，未曾料想過有共犯。

「至今還沒有能確定的事。很抱歉這樣說，但終於證明我不是殺害素曇父親的凶手，真是太好了。不過，我仍然對妳感到愧疚，因為妳的父親等於是因為我而死。對不起，素曇小姐。」

素曇微笑著回答：

「凶手不是組長真是太好了。到底是誰做的……真的好煩。」

「素曇，接下來只要找出那個犯人就行了。組長會抓到他的。我知道很難受，但我們一起加油吧。」

「沒錯，我們一定要抓到犯人。」

我看著靜止的畫面，反覆思索後問道：

「為什麼要把這支影片送到妳以前的家呢？」

「嗯……警衛把包裹交給妳的時候，有說什麼嗎？」

「沒特別說什麼。只有說這不是普通快遞，像是有人親自送過來的包裹。」

「什麼時候送去的？」

「嗯……我沒問這個。」

「那警衛有看到送包裹的人長怎樣嗎？」

「這個我也沒問……。」

「哈哈，這樣啊。」

「組長，我之後再回去確認。」

「好，沒關係的。」

素曇悶悶不樂地說：

「對不起，我沒有當警察的天分。」

「素曇正在準備警察公務員考試。」

「是嗎？那幹嘛說有沒有天分？警察考試合格後，進警校好好學習，從現場實務培養經驗就行了，別擔心。」

「是嗎？那我稍微放心了。謝謝你。」

閔組長看素曇似乎開心了些，伸手指向畫面說道：

「素曇小姐，妳打開別的資料夾看看。」

「不開另一個影片來看看嗎？」

「那個好像是不相關的外部影片。」

「喔，真的是。那我開另一個資料夾。」

素曇聽了閔組長的話，打開另一個資料夾，播放裡面的影片。

「咦？組長！」

我看到影片畫面嚇了一跳，抬頭看著閔組長問道：

「他怎麼會出現在這……？」

「怎麼了？他是誰？」

「李真成……。」

「李真成……啊！他……他是……。」

「沒錯，他是在鷺梁津人行道上發現的受害者，始甫看到的第一具屍體。」

閔組長皺眉，全神貫注地看著影片：

「素曇小姐，聽不到影片的聲音，請把音量調高。」

「組長，這個影片好像沒聲音，我們在素曇家看到的影片也是無聲的。」

「喔，這樣啊。他到底在說什麼……。」

「等等，耳機裡好像有聲音。」

素曇拿出掛在一旁的頭戴式耳機，放到耳邊聽了聽，立刻遞給我。

「啊！聽見了。素曇，能從頭播放嗎？」

「好的，我重新播一次。」

我清楚地聽見了影片中李真成的聲音。

「殺害計程車司機的真凶並不是影片中出現的那位乘客，我也不是殺害計程車司機的凶手，我只是偷了這個行車記錄器。我拍這段影片是要防止我被誣陷成凶手，被送去坐牢。如果有人看到這段影片，代表我可能已經被拘留了。殺害計程車司機的真凶是警察，要我偷乘客東西的人也是警察。雖然我沒見到殺害計程車司機的凶手真面目，但……不，我真的不知道計程車司機會死。對方告訴我只要照他的吩咐辦事，就會給我錢，我只是相信他的話，去偷了乘客身上的東西和皮夾。指示我做這件事的警察叫做高南錫。他讓我看了警察證件，還威脅我，我以為警察要我做的肯定不會是壞事，他說乘客手上拿的東西是案件證物，如果我幫他拿到就會給我錢，我犯的罪也會一筆勾銷。可是，他又突然要我頂罪，要我當殺死計程車司機的凶手去坐牢，還承諾會給我更多錢。我做不到，要是我去坐牢，我媽就會孤苦無依……。真的很抱歉，我真的沒有殺他，這段影片寄給計程車司機的家人後，我會去警局自首，說出一切。請把這支影片交給警察，拜託，如果我向警方提到計程車司機的家人，也請原諒我，拜託了。」

影片結束，我摘下了耳機。

「始甫，他說了什麼？」

「組長，你親自聽一下吧。素曇也是。」

「我幫你從頭開始播。始甫哥，你好像嚇壞了，還好嗎？」

「真正的犯人另有其人，而且就像組長說的，好像不只一個，而且果然有警察涉案。」

「你說什麼？警察嗎？」

照影片中所說的，李真成只是個小偷，被警察騙了才涉案。至於高南錫刑警？這名刑警會不會是殺害李刑警和素曇父親的凶手？還是有其他共犯呢？那麼，共犯會是崔南吉警監嗎？如果李真成的話屬實，那麼犯人真的是警察？一名？兩名？不，說不定更多。那麼金範鎮刑警也是共犯嗎？還是他只是單純想升職……。太混亂了。

「拿去，素曇小姐妳也聽聽看。」

閔組長將耳機遞給素曇，從座位上起身。

「組長，你認識那位叫高南錫的警察嗎？」

「警察內部竟然有這種人……。」

「什麼？」

「沒什麼。我認識的警察中沒有叫高南錫的，可能是其他部門或警局的人，或者是……」

「或者是？」

「首先，我們要找出高南錫警察，警察中人脈廣的……和我同期訓練的警察中，有在警察廳情報科工作的，我馬上去打聽一下。等等，我出去打電話。」

警察為什麼要針對閔組長，犯下這種罪行呢？為什麼要做這種荒謬的事？到底基於什麼原因，才要如此對待一樣身為警察的同事？是有什麼私人恩怨，所以才想殺人栽贓嫁禍嗎……？

幸好有證據能證明閔組長不是殺害素曇父親的凶手。事實和閔組長說的一樣，他雖然有動粗，但只是單純的暴力事件，他確定素曇父親還有意識，才帶著行車記錄器逃走，而之後又被李真成偷走了行車記錄器。但為什麼不誣陷組長到底，說他是凶手，卻要李真成揹黑鍋入獄呢？從這裡開始我完全無法理解。

「始甫哥，如果影片裡說的是真的，那警察……我爸的死怎麼辦？如果警察是真凶……我們……不，閔組長抓得到凶手嗎？」

「即使是警察內部的人，只要犯罪就得受到懲罰。我知道妳在擔心什麼，警察內部有可能官官相護，掩蓋真相。但組長現在被栽贓成犯人，我相信他一定會想辦法解決的。別太擔心了，素曇。」

「好……。不過好奇怪，他為什麼要寄這種影片給我？他說要找警方自首卻被發現死在路上。是之前送到我新家的影片是真的，還是這支影片才是真的？」

「素曇，妳想說……」

「我們並不清楚閔組長是怎樣的人。他現在出去外面打電話也很奇怪。李真成說他也不知道是誰殺死我爸的，那麼凶手也有可能是組長吧？我們為什麼沒想到呢？」

「可是……。素曇，我們還是再仔細想想吧，組長……」

「看吧，你現在也不敢肯定。」

「如果組長是凶手，他會到現在還跟我們一起行動嘛？要是知道真相……不，要是這樣他不會放過我們的，不是嗎？」

「是沒錯……但也許是有其他原因。」

「我們先相信組長，觀察看看吧……。不會的，不會是組長。」

素曇的眼神依然帶著懷疑，但她思索了片刻，臉色稍微和緩：

「我知道了，我是因為你才相信的，但你一定要待在我身邊。」

「哈哈，好，沒問題。這小事一樁，哈哈哈。」

「幹嘛這麼開心？小倆口甜蜜蜜喔。」

「啊，組長，我們只是……。哈哈，你打聽得怎樣？」

「轉移話題啊……。有問了，他說打聽到之後會聯絡我。我也問過銅雀警局有沒有叫高南錫的人，但是沒有。姓高的只有高仁成、高智善、高恩善，他也會查一下其他警局，我們得等一下。」

「那位朋友值得信任嗎……？喔，對不起，這樣說是不是很失禮……。」

「哈哈，沒關係，會這麼問很正常。他是我朋友中最講義氣的傢伙，所以不用擔心。我們原本約好一起報刑事科，但他不喜歡案發現場，才去了情報科，結果現在平步青雲了，哈哈。」

「你會羨慕他嗎？」

素曇用略帶犀利的語氣問。

「當然羨慕，但我不後悔。知道自己被分配到刑事科的時候，我開心極了。雖然吃了不少苦，但在第一線工作真的很幸福。」

「即使現在也不後悔嗎？」

「老實說，現在覺得有點疲累，我沒想過自己會落到這步田地。但我不後悔，相信事情很快就能解決。所以，素曇小姐妳也加油，我會幫忙的。」

閔組長就像父親對女兒一樣，慈愛地看著素曇。

「好，我會在一旁看著。」

「對對對，組長，加油。我會在身邊協助你的，素曇的意思也是這樣，會在你身邊看著、替你打氣。

哈哈，哈，哈哈哈。」

我笑得誇張，想盡辦法緩和氣氛。

「好，謝了，也謝謝素曇小姐。」

「那麼收拾一下就走吧？已經是晚餐時間了，原本想回家吃，但變成這樣……。組長，要在這附近解決晚餐再回去嗎？」

「我無所謂，你沒關係嗎？我擔心會不會連你爸媽都有危險。我們還是去別的地方好。」

「要去哪裡？要是連爸媽也找不到我，反而會讓他們更擔心。」

「我和始甫哥想法一樣，乾脆把事情告訴伯父和伯母，請他們幫忙。」

「素曇小姐，這樣行不通，可能會讓始甫父母的處境更危險。這樣吧，我們先去始甫父母家落腳，但這件事必須保密，這樣對始甫的爸媽來說也比較好。」

「好，我同意組長說的，就這樣決定吧，素曇。」

「我知道了，始甫哥。」

素曇強調了「始甫哥」，彷彿在說她只同意我的意見。

「那走吧？去附近的餐廳吃飯。」

素曇對閔組長再次升起的疑心顯而易見。

我們吃完飯出來坐上計程車，因為閔組長認為警察有可能在爸媽家附近埋伏，我們決定依照他的建議，在距離我家一個街區的地方下車。閔組長環顧四周，確認沒有異常。

爸媽好像還沒從店裡回家，家裡非常安靜。從踏進院子開始，閔組長的表情就變得尷尬，東張西望。

「進去吧。」

「喔……。真的很不好意思，始甫。」

「哎呦，不用客氣，就當自己家吧。我爸媽好像還沒回來，今天有比較晚。你先到客廳沙發坐吧，我去拿點冰水來。」

「謝謝。」

「我幫你，始甫哥。」

「不用了，妳也坐下休息吧。」

「我不是在開玩笑，你們兩個真的很登對。」

閔組長一臉滿意地看著我們說道。

「是是是，我也深感同意，真是感謝組長。」

「吼呦……你們兩個幹嘛都這樣，真是的。」

素曇覺得不好意思，咻一下地躲進了我的房間。

閔組長仔細地問了我和素曇的關係，還給了我一些談戀愛的祕訣。我猶豫著是否該把看見他屍體的事說出來，卻又不想破壞組長談笑的好心情。

我和閔組長聊了一陣子，素曇一直沒從房裡出來，由於擔心便去敲了敲房門，輕輕推開門。

素曇趴在桌上，我想著她可能睡著了正打算關上門離開時，聽見了她抖著肩膀哭泣的聲音。我立刻走到她身邊，桌上的電腦螢幕是開著的，畫面上顯示播到一半的行車記錄器影片。看來她是因為想起了父親而哭泣。

我輕輕拍了拍她的肩膀，素曇這才發現我進來房裡。她抬起頭看著我，眼睛腫得厲害，接著她抱住我的腰，將整張臉埋在我身上放聲大哭。我不發一語地抱著她，撫摸她的頭安慰。

「始甫哥……。怎麼辦？我爸該怎麼辦才好？我爸他……」

「素曇，我們會儘早替伯父查出真相。在抓到凶手之前，妳不要再看這支影片了，不然會更傷心。」

「始甫哥……那個……。嗚嗚……是我爸先……做錯……」

「啊？什麼意思？伯父先怎麼了？」

素曇手指著螢幕說道：

「嗚……。你聽聽看……對話……」

「對話？妳聽到影片的聲音了？」

素曇不說話，點了點頭。

閔組長好像剛睡醒，往前將頭探向駕駛座。

「喔……。司機，請在那邊右轉。」

「……。」

「不是。是那……是那邊……開過頭了！應該在那邊右轉的，真是的……。那我在這裡下車吧。」

「……。」

「司機大哥，請在這裡停車！」

「哪裡？」

「這裡，在這裡停車。」

「這裡是要怎麼停車？你這傢伙酒還沒醒阿，胡說八道！」

「什麼？胡說八道？你……你這話說得太過分了吧？」

「哪裡過分？你就真的醉昏頭啦，不是要我把車停在馬路中間嗎？」

「不是的……。好，知道了，請在路邊停車，快點。」

「等一下啦，要再往前開一些。」

「你要開到哪裡？不是啊，你為什麼講話這麼沒禮貌。」

「怎樣，你看起來比我年輕，我身為長輩說幾句怎麼了？不行嗎？」

「什麼？你這司機很奇怪欸，給我停車！」

「給我停車？你這臭小子竟然命令我？瞧不起開計程車的嗎？」

「什麼？叫我臭小子，我活到這把年紀……。是你先沒禮貌的吧！這司機怎麼這樣啊！真夠扯的，還有，我什麼時候瞧不起你了？少廢話，快停車。」

「啊？這小子真搞笑。喂！你現在是仗著喝多了瞧不起我嗎？一直喊我司機司機的，瞧不起我開計程車嗎？喂，混蛋，你算哪根蔥？」

「講什麼啊？你年紀一大把講話還這麼沒水準！臭小子？我是哪根蔥？我是警察，你這傢伙，我不會放過你，立刻停車！」

「警察？笑掉人大牙。如果你是警察，我就是情報院的特務啦！哪有警察是這副德性的。」

「這副德性？你說夠了沒啊？」

嘎吱！咚！

計程車緊急煞車，閔組長一頭撞向前座。

「啊！痛死了。怎麼可以突然停車？真的是吃飽沒事找事！」

「對，臭小子！我就是沒事找事，你想怎樣？是你叫我停車的！」

「什麼？嘖，算了。遇到瘋子，多少錢？」

「瘋子？喂！混帳你喊誰瘋子……。找死啊？真的想死嗎？」

「真的是有理講不清，混蛋！」

「呵，怎樣！你打我啊！你打啊！哎呦，看你這副德性竟然自稱警察。什麼？你是警察？笑掉我大牙，哈哈哈。」

「這個傢伙真的是！」

「來啊，打啊！打看看啊！不敢打吧？孬……」

啪！

「呃啊！」

啪！

「呃啊，呃呃……。」

「啊，糟了……。喂、司機……司機……你沒事吧……？」

閔組長驚慌失措地從後座下車，走到副駕駛座。

「喂、喂，你沒事吧？司機先生！」

「……呃……呃……。」

「呼，幸好沒事……。怎麼辦？」

「呃……呃……。」

沙沙、沙沙。嗶！

一隻手擋住畫面，接著電源也被關閉。

「那個……素曇，呃……伯父……。很抱歉這樣問，伯父個性本來就比較暴躁嗎？」

「不，影片中的不是我認識的爸爸。」

「是嗎？聽說開車會讓人個性變得暴躁，和平常不一樣……。啊，我不是在說伯父。」

「你說的沒錯，也許我爸有我不認識的一面……。看過影片，你會這麼想很正常。」

「抱歉，我說得太過分了。」

「我爸很奇怪，表情也很怪。不覺得很彆扭嗎？不像是因為生氣才那樣。不覺得是故意發脾氣，勉強說出不想說的話嗎？」

「什麼？啊……。這麼說，的確也是……。」

「你覺得看起來不像對吧。不過我實在很難相信影片裡的那個人是我爸，我爸平常不會那樣說話，也很少罵人……。」

看完整段影片的我，很難站在素曇那一邊。

「我知道，我爸也常說開車開久了容易讓人脾氣變差，再三叮嚀我不能變成那樣。他說當手握著方向盤，會遇到很多累人和煩躁的狀況，但不能每次都急性子搶快，要體諒其他的駕駛，永遠把安全駕駛擺在第一位。」

「會不會伯父那天狀態不好……？」

「我爸是模範司機，從開車行計程車到個人計程車，從沒發生過車禍，而且待客親切。你是不是覺得他說一套做一套？對吧？」

「不，我沒這個意思……。素曇，妳在生氣嗎？」

「我是說真的，我爸不是那種人。」

「我相信，我當然相信。我看妳就知道伯父不會是那種人。」

我思索了一陣子，對素曇說：

「我們直接去問組長吧？」

「可以嗎？」

「這是最可靠的方法，我去問。」

「好……。謝謝你，始甫哥。」

「不過這段影片有聲音耶，之前在妳家看的影片是無聲的。」

「所以這是真的影片，在我家看的是偽造的？」

「對，我想也是。那麼閔組長的話好像是真的。妳在這裡休息一下，不要再看影片了，好好休息，知道嗎？我問完就回來。」

我安撫好素曇，回到客廳一看，閔組長可能是太累，閉起眼睛靠在沙發上。我不想打擾他，正要回房時，聽見外頭大門打開的聲響，閔組長也被驚醒。好像是爸媽回家了。

「組長，看來我爸媽回來了。」

「啊，好的。」

「你先坐著，我出去看看。」

我跑到玄關開了門，看見正牽著手走進院子的爸媽。我與老爸對視後，老爸急忙放開了老媽的手，老媽被老爸這舉動嚇了一跳，正想唸他的時候看到了我，隨即露出笑臉。

「兒子，你回來了啊。」

「嗯，我回來了。」

即使前一天才見過面，老媽也用像是好久不見般的開朗笑臉迎接我。老爸不滿地看著老媽與我，一言不發地打開玄關的門進屋。

「啊啊！」

突然傳來一聲驚呼，我急忙衝進門查看，閔組長正向老爸點頭打招呼：

「啊，您好。抱歉，嚇到您了吧。」

「爸，發生了什麼事？」

「喔……嗯？這人是誰？」

「伯父，很抱歉，我不是故意要嚇您。」

老爸看了看正在遲疑的我，又問閔組長：

「您是哪位？」

「喔……。這個……」

「啊，抱歉，我忘了介紹。他是和我上同一間補習班的大哥。」

「什麼？公務員補習班耶？」

「對啊，不是啦……就是說啊，大哥本來是上班族，後來辭職，正在準備五級公務員的行政考試。對，就是這樣，是吧？大哥？」

「啊？喔……是的。伯父伯母好，我正在準備考公務員，雖然有點年紀了，哈哈哈。」

「對，大哥看起來年紀比較大，但實際上沒那麼老，啊哈哈。」

老媽泰然地笑著說：

「兒子，又沒有人說年紀大不能考公務員。」

「什麼？因為爸好像嚇到了……。嗯，反正就是這樣，啊哈哈。」

「就是啊，你幹嘛一副嚇傻的模樣？連我都被你嚇到了，真是的。」

「不是啊……。我一進家門就看到一個彪形大漢站在家裡，哎呦，真是的，好啦知道了，進去吧。那個……這位先生也請進。」

「呵呵，不覺得你爸這種時候很可愛嗎？」

我忍住笑意說：

「可愛？」

「廢話少說，快進去。嘖。」

「好，進去吧。哎呦天啊，這不是素疊嘛！」

老媽看見從房裡走出來的素曇，開心地笑著快步迎向前，伸出雙手一把抱住她。這肢體接觸有點過頭了，但素曇毫不慌張地笑著抱住我媽。

「素曇妳也來了啊，我好想妳喔。」

「我也很想妳，伯母。」

也多虧如此，閔組長的身分順利蒙混過關。

老媽梳洗後便下廚準備晚餐，素曇為了幫老媽一塊進了廚房。這一次老媽沒有阻止，拉著她的手帶到自己身邊，低聲說了幾句話。雖然不清楚內容，但素曇聽了之後大笑起來，瞄了眼我們所在的客廳，又對老媽笑了笑。老媽微微笑，望著素曇的笑臉。

廚房裡笑聲不斷，相反地，客廳裡的三個男人的尷尬指數爆表。我一言不發，自顧自地摳起指甲；老爸忙著用遙控器轉台，找好看的電視節目；還有一個用奇特眼神打量我們這對父子的男人。

閔組長看我們父子尷尬的神情也跟著慌張，不知所措在一旁乾瞪眼。老爸轉台轉了老半天還是找不到好看的節目，於是放下遙控器起身，一言不發地看向我，勾了勾食指後便走進房間，像是在叫我跟上。閔組長也站起身，我請他坐著稍候，然後自己走進房裡。

我以為老爸要嘮叨我大考臨頭，不好好讀書又跑回家來，沒想到老爸突然問是不是發生什麼事？是老媽跟他說有警察來過嗎？雖然感到意外，但我不慌不忙地拿出事先準備好的藉口，說考試院房間天花板漏水，才和考試院認識的大哥一起回家來。不過老爸一臉不信。

「爸，是真的啦。我馬上就會回去了，他們說一、兩天就能修好。」

「那位大哥是做什麼的？」

「我不是說過？他辭職準備考公務員……」

「始甫，不要再說謊了，老實說吧。」

「什麼？你聽媽說了嗎？」

「你媽？為什麼聽她說？什麼啊？你媽知道什麼嗎？」

「啊，沒有。那你為什麼說我在說謊？」

「始甫，就算我想相信你說的，那個人看起來也一點都不像是要考公務員的人。他是我上次去警局領你出來時見過的警察吧？」

老爸的眼力可真好。

「啊……。對，沒錯，原來你記得。對不起，爸，其實……那位大哥是警察沒錯，考試院也是藉口，對不起……。」

「到底發生了什麼事?!」

「雖然很難，但請相信我。因為……那位刑警現在被陷害，必須躲起來，但找不到藏身處，所以我才帶他回來。爸，對不起。」

「你為什麼要幫他？」

「這個……說來話長。」

「始甫，我不知道發生了什麼事，但我會相信你，不用擔心，就直說吧。」

「……那位大哥是閔組長，上次進警局時是他負責我的案件。後來，又發生另一件事，他也幫了我一把。因為這樣我想報答他；除此之外，我偶然發現能幫他洗刷罪名的重要線索。」

「什麼罪名？有危險嗎？」

「沒有。我的個性像是會去做危險的事嗎？」

「始甫，助人是好事，但我不希望你因此受到傷害。如果是超出自身能力範圍的事，還是不要多管的好。還有，有需要隨時都可以找我幫忙，知道嗎？」

「知道，爸，謝了。」

「既然你說不是危險的事，我就相信你了，但要注意安全。你什麼時候回去？」

「大概……兩天後？」

「知道了，那男人睡在主臥室，素曇和你媽睡你房間。」

「素曇？爸！你竟然記得她的名字？」

「啊？什麼……。記個名字又不難，幹嘛大驚小怪？」

「喔對呀，嘿嘿。」

「笑什麼笑？臭小子！」

老爸懷疑地看著我：

「不過，你和素曇真的沒什麼嗎？只是補習班認識的朋友？」

「幹嘛一直問這個？」

「因為想問才問啊。雖然只見過那女孩幾次，但似乎品性端正，所以啊……」

「所以？」

「她和你媽也處得來……怎樣？」

「什麼怎樣？」

「我是說，娶來當老婆怎樣？」

「什麼？你……什麼老婆啊？爸！絕對不要在素曇面前說這種話，知道嗎？」

「知道了，知道了，你才幹嘛這麼大驚小怪？」

「我怕素曇會尷尬，你不要再說這種話了。」

儘管覺得老爸想得太遠，但我仍內心暗自竊喜。

「你要好好表現啦！」

「好啦，好啦，知道了。不要再說了……。啊！爸，我要問你一件事。」

「嗯，你問。」

「你也看過別人看不見的東西嗎？」

「啊？別人看不見？所以是只有我看得到的東西？」

「對。」

「當然有啊！」

「真的嗎？你看到什麼？」

「還會是什麼？人心啊，等你到我這把歲數也能看得見，別擔心，哈哈。」

「不是啦，爸！我不是說這個。」

老爸莫名其妙地看著我：

「你有沒有看過人……。我不是說活人，是往生者……。」

「什麼？往生者？你是要問我能不能看見鬼？像巫師那樣？」

「你不是說爺爺看得見屍體？屍體的幻影。」

「啊，是因為我昨天說的話才問的啊？沒有，我看不見。為什麼問這個？」

「沒什麼，我只想知道你是不是也看得見。」

「你不用擔心，我看不見。原來你那麼在意，我真不該說的。」

「喔，好，看不見就好。」

「嗯，別擔心，我沒事。」

我一方面慶幸老爸看不見死人，一方面對無法得到更多超自然現象的資訊而感到惋惜。

我正在想著要不要結束對話時，決定再問一些有關爺爺的事。

「爺爺在越南去世後，你才知道他看得到屍體幻影的事嗎？」

「嗯……。對啊。」

「在這之前什麼都沒聽說嗎？」

「我也是長大後才聽你奶奶說的，是小一的時候嗎？好像是。當時覺得你爺爺有點奇怪……。不，應該說是很詭異。」

第10話
隱藏的規則

你爺爺上班前會順道送我去學校，當時我才小一，沒必要太早到校，是我每次都像跟屁蟲一樣，耍賴說要和爸爸一起出門。我每天早上都在學校操場玩，上課時間到了才進教室。

當時你爺爺的上班時間固定，我們時常遇見某一個騎著自行車上學的高中生哥哥，因為大家都住附近，見到面都會打招呼。

但有一件事我印象特別深刻。有回那位哥哥騎著自行車經過，對我們打了招呼，你爺爺突然身體一陣搖晃險些暈倒，幸好只是跪倒在地。隔天吧，你爺爺生氣地要那位哥哥不要在那條路上騎車。我以為他是在為前一天的事生氣，可是當時他會摔倒並不是那位哥哥害的。

又隔了一天，那位哥哥還是騎自行車經過那條路，你爺爺看見了便把他叫來，好言相勸他之後一個月都別騎自行車經過這條路。隔天，那位哥哥又騎車過來了，你爺爺勃然大怒，追著他騎車的背影而去，猛力揪住他的後頸，將他拉下自行車！還當場用腳踩壞自行車前輪。

那位哥哥傻眼看著你爺爺，我到現在都還記得他的眼神，而你爺爺當時說的話有點怪：

「聽好了，東哲。我一個月後買輛新的車給你，所以不要生氣。」

「叔叔！你幹嘛這樣？你用壞我的車還叫我不要生氣，有可能嗎？我會把事情都告訴我爸。」

「知道了，你想跟爸爸說就去說，但拜託你一個月內都不要騎車經過這裡，知道嗎？」

「又來了，幹嘛老是說這個？」

「東哲！真的會出事，你在這裡騎車會死的。是真的，相信叔叔的話，絕對不要在這條路上騎自行車。不，你乾脆換條路去上學吧。算我拜託你，好嗎？」

「你說我會死嗎？哈啊！叔叔，你在說什麼啦？你真的精神失常了嗎？你知道這附近的老人家都叫你什麼嗎？瘋子。你知道嗎？」

「對，知道，我知道。叫我瘋子也無所謂，但你接下來一個月內都不要經過這裡，拜託了，好嗎？」

那位哥哥看見你爺爺絲毫不在乎自己說的話，只顧著堅持要他別走這條路，於是點了點頭，大概他心裡也覺得毛毛的吧。

「唉……。好啦，知道了。你竟然這麼堅持……。我知道了，那我可以走了嗎？」

「可以，謝謝你，快走吧。」

「啊！叔叔，你一定要買新車給我喔。」

「會會會，不用擔心，我一定買給你。一個月後就買給你，我兒子也在場可以作證，我不會撒謊。」

「好，那麼我先走了。」

「去吧。」

那位哥哥也許是感到內疚，停下腳步回頭對你爺爺說：

「抱歉，叔叔。你不要在意附近老人家的話。我說真的。」

「好，謝謝你。你走吧。」

我看著哥哥逐漸變小的背影，問道：

「爸爸！什麼意思？那個哥哥會死嗎？還有為什麼說你是瘋子？」

「哈哈，沒事，沒什麼。」

「……。」

「兒子，你沒看到什麼吧？」

「我應該要看到什麼嗎？」

「不，沒事，太好了。我們快走吧。」

「好。」

自從那件事之後，我再也沒見過那位哥哥，他似乎聽了你爺爺的話，走別條路上學。不過，好像是在半個月後嗎？我記不清楚了，那位哥哥在校門口被車撞死了。

「死了嗎？在校門口？」

「是啊，我也是聽來的，不是很確定。我聽你奶奶說在校門口被車撞死，還千叮嚀萬交代我在校門前要小心車子。你爺爺那時候大概也看見了屍體的幻影吧。」

「喔……。原來如此，有可能。」

「不過始甫，難道……你也看見了什麼嗎？」

「啊，沒有，沒有。」

「是嗎？你說真的？你是因為擔心我才問這些，沒錯吧？」

「對啊，當然。幸好爸你看不見。」

「兒子，看著我的眼睛，你是不是……。」

老爸用滿是懷疑與憂慮的臉靠近，直視我的眼睛。

「吼，不是啦。來！看清楚我的眼睛，不是那樣的……。因為我最近睡覺的時候老是鬼壓床，好像見鬼，又好像是幻覺，啊哈哈。」

「什麼？看起來你最近太虛了，我要告訴你媽，讓她煮點韓藥給你補補身子。」

「嘿嘿，好啊。一定要給我補藥喔，爸。」

「知道了，讓你補一下然後考上公務員，知道嗎？兒子。」

「吼，爸！」

「哈哈，別吼了，出去吧。留刑警先生一個人在客廳太不好意思了。」

老爸是真的看不見屍體，雖然想告訴他整件事的來龍去脈，但這些只有我自己看得到的現象、無法吐露的實情，真不知道該從何解釋起。老實說，我沒勇氣說服老爸接受我像爺爺一樣看得見屍體。要是他知道了，好像不會放過我。

我走出房間一看，本來在客廳的閔組長不見了，此時廚房裡傳來笑聲。我走到廚房，看見老媽、素雲和閔組長正熱絡交談，三人看見我，笑得更開心了。我問他們在笑什麼，媽媽推託說沒什麼，而素雲和閔組長也擺手不說話。氣氛微妙，但我也只能幫忙端菜去飯桌。

我在客廳擺起餐桌的時候，廚房又傳出笑聲。好像是在聊關於我的事，但沒人要告訴我，我這個當事者完全狀況外。老媽準備好飯菜，還拿出幾瓶燒酒。

「始甫，你怎麼在家裡還戴著帽子？脫掉，把酒拿過去。」

「好，爸。」

我連忙脫下帽子。

「始甫！你的頭怎麼了？」

「什麼？……啊，對喔……。」

我一時忘了頭上的傷，每次都要解釋實在太麻煩了。

「你跟誰打架了？」

「不是的，伯父。始甫哥說是撞傷的……。」

「對，沒錯，我滑倒然後頭撞到牆了啦，啊哈哈，已經沒事了。」

老媽憂心忡忡地從廚房出來，看看我又看看傷口。

「受傷就別再戴帽子了，藥呢？有藥嗎？」

「有，媽，在我的包包裡……。」

「真是的！小心一點啊，兒子。」

「好，我沒事，別擔心。」

「啊！那你不能喝酒。老公，別給他酒。」

「我知道。臭小子，還想說好久沒一起喝……。」

「嘿嘿。爸，你和組……和大哥喝吧，哈哈。」

「這樣不行，始甫，我得看看你的傷口，拿著藥過來廚房。」

老媽邊說邊快步走向廚房，向我招了招手，要我過去。

「始甫，現在說吧。」

「什麼？」

「警察為什麼要找你？那位大哥又是誰？」

「喔……。那個啊，那位大哥是閔宇直組長，是刑警。」

「什麼！刑警？有什麼事嗎？你的頭也是因為這樣受傷的嗎？」

「不是的，媽，我頭受傷和這件事沒關係。因為一些事，我和閔宇直組長有過幾面之緣，他幫了我很多忙，他現在……有困難，需要暫時的藏身處。」

「為什麼？刑警為什麼要躲起來？發生了什麼事嗎？」

「不是的。是有壞人要栽贓閔組長。媽，電視劇不是都有演嗎？壞人讓無辜的人揹黑鍋，自己脫罪逍遙法外。就是像那樣。讓他在這裡躲幾天吧，好嗎？」

老媽貌似安心了點，說：

「我剛才觀察了他一下，看起來不像壞人。」

「對啊，他是好人，不要擺臉色給人家看，好嗎？」

「你這孩子，我哪有擺臉色給他看？」

「我怕萬一嘛，哈哈。不過，媽，你們剛才在聊什麼聊得這麼開心？」

「啊，呵呵呵，聊你小時候的事啊。小時候我的小寶貝始甫有多淘氣，尿濕了棉被和褲子……呵呵呵。你不記得小時候尿褲子回家的那件事嗎？」

「我哪有？」

「少裝蒜，那時候可把我嚇壞了，想說你這孩子開玩笑竟然能面不改色，連眼睛都不眨一下，真可怕。你真的不記得？」

「什麼啊？是發生什麼事了嗎？」

「你真的忘了啊？也是，那時候你才在上幼稚園，可能不記得了……」

◉

「始甫，發生了什麼事？為什麼哭了？咦！褲子怎麼濕了？」

「嗚嗚……。媽……嗚嗚……。」

「怎麼了？有什麼事？沒關係，尿褲子也沒關係，沒事沒事。始甫乖，不哭，好不好？」

「嗚……。媽、媽媽，好害怕。我……公園的遊樂場……嗚嗚……。」

「喔？遊樂場？怎麼了？公園遊樂場有人欺負你嗎？」

「不，不是，不是那樣……。嗚嗚……。叔叔們倒在去遊樂場的路上……嗚嗚……。」

「什麼？叔叔？啊，你說去公園路上那個工地嗎？媽媽說過不要去那裡，很危險，知道嗎？以後不要再去了。還有，叔叔不是倒在地上，是在躺著休息而已喔。你到底看到了什麼，還嚇到尿褲子？呵呵。」

「不是啦！媽媽，叔叔的身體……好可怕。很奇怪……。我也不知道啦！好可怕，媽媽，嗚嗚嗚……。」

「就是這樣，之後你還病了幾天，不記得了嗎？」

「什麼意思？」

「那天之後，你就大病了幾天。原本就忙著準備搬家你又剛好生病，那幾天真是累壞了，所以我才會記得。」

「搬家？我那時候還生病？」

「對，就在搬家的三天前，還是四天前……。你那時候實在哭得太厲害，我就去工地看了一下。」

「然後呢？」

「哪有然後？只有忙著幹活的大叔，也沒有什麼躺在地上休息的人。要是真有人受傷，早就被送去醫院了。」

「喔，說的也是。」

幼稚園的時候，原來那時候也看見了啊。是因為打擊太大才忘了嗎？我一點印象都沒有。

「你真的不記得嗎？因為那時才七歲，所以沒印象嗎？」

「這樣啊，我完全不記得。」

「好吧，那時你還太小，有可能不記得。」

「我以前也有這樣過嗎？」

「不，只有那次而已。差點忘了，過來讓我看看你頭上的傷。」

「喔，不用啦，我沒事。」

「真的嗎？藥呢？」

我將手裡的藥遞給老媽，老媽這才放心地點了點頭。

「好，去吃飯吧。別忘了按時吃藥，知道嗎？」

「知道，媽。」

其實，我並不是完全沒有幼稚園的記憶。我還記得當時住在哪裡，也有印象如果想去家附近的公園玩，一定要經過工地。因為在施工，原本應該要繞路才對，但我為了快點去玩，就走工地旁的捷徑。我那時在工地看見的是屍體嗎？那是我第一次看見屍體嗎？但我完全不記得自己曾經見過屍體。

吃完晚餐，可能是太疲憊了，大家都早早上床睡覺。做生意忙進忙出的爸媽、整天繃緊神經四處奔波的閔組長、素曇還有我，不累才怪。男人們睡在主臥室裡，老媽與素曇則睡在我房間。

我原先打算等老爸睡著，再詢問閔組長那天與素曇爸爸在計程車裡發生的事，但閔組長好像累壞了，完全不受老爸的鼾聲干擾，沉沉睡去，甚至組成打呼二重奏。幸好他的鼾聲比老爸小。

不過，雙面夾攻的鼾聲逼得我輾轉難眠。正翻來覆去之際，我房裡傳來隱約的笑聲，老媽和素曇好像還沒睡，時不時傳出悅耳的笑聲。之後笑聲變得越來越小，不，應該說我逐漸聽不見笑聲，進入了夢鄉。

當我睜眼，全身無比舒暢。現在是晚上嗎？還是凌晨？房裡一片漆黑。本來躺在身旁的閔組長與老爸卻不見人影。我找到手機拿起來看時間。怎麼回事？不是才剛過十一點嗎？

「……咦？」

我的天！不是晚上十一點，是上午十一點。我猛然起身，因為窗簾的關係，房裡仍像黑夜一樣漆黑，但能看見窗外透入的淡淡光線。我趕緊拉開窗簾，耀眼的陽光刺入，我短暫地閉眼站在窗前。

屋裡靜悄悄地，像是沒有人在，我走進客廳查看也是一樣。我東張西望邊找人，邊走向素曇睡的房間，下意識要推開門，忽然發現不妥，便輕輕地敲了兩下，房裡卻毫無動靜。我小心翼翼地推開房門，發現還在睡的素曇，於是輕輕地關門，沒想到房門突然發出「吱」的一聲，我嚇了一跳，連忙衝回客廳沙發坐下。

正當我內心自責，擔心剛才吵醒了睡得正熟的素曇時，她打開房門走了出來，頭髮蓬鬆凌亂，臉上卻綻放燦爛的光芒。是我的眼睛有問題嗎？我揉了揉眼睛，再仔細一看，她的臉龐散發出耀眼的光芒，披散的頭髮與白皙的皮膚，加上耀眼的陽光，讓我移不開視線。

素雲輕輕微笑走進浴室，我突然感到口乾舌燥。走到廚房，餐桌上已經放好爸媽事先準備好的早餐，旁邊還留了張紙條，說因為我們睡得太熟，不想叫醒我們，要我們好好吃早餐。另外還有閔組長的留言，說他有事先出門。

我遞了杯水給坐在客廳沙發的素雲後，走進浴室梳洗，並查看了頭上的傷口。傷口不知不覺癒合了不少。我走出浴室時，素雲正在看電視，我一說要吃早餐，她立即關電視走到廚房，坐到我對面。她眼睛有些腫，是因為昨天聊到太晚沒睡好嗎？她一言不發地挖了一匙飯放進嘴裡。

「素雲，妳還好嗎？」

「為什麼問？」

「妳眼睛有點腫，是不是沒睡好？昨晚發生什麼事了嗎？還是因為……伯父的事？」

「沒有，很腫嗎？」

「不會，只有一點點……。妳昨天哭了嗎？」

「喔……。對，一下子，昨天和伯母聊天的時候……」

「為什麼？我媽說了什麼讓妳不高興的話嗎？」

「啊，沒有。昨天真的很開心，伯母很有趣，也對我很好，所以……。」

「……。」

「我是想起我媽才哭的。伯母睡著了以後，我也準備要睡時卻突然想起我媽。」

我不知從何安慰起，只能默默垂下視線。

「始甫哥，我啊，沒有和媽媽的回憶。不，不是沒有，是記不起來，所以才更傷心。要是我記得一丁點和媽媽在一起的回憶，就不會這麼傷心了吧……。」

「素曇……。」

「啊，在吃飯我卻說這些掃興的話。快吃吧。」

「素曇也多吃點。還有，謝謝妳。」

「謝什麼？我才要謝謝你，讓我能吃到這麼美味的家常菜。」

「好，那妳快吃。」

我非常感謝素曇能坦白自己的心情。對我來說，向某人吐露真心話非常困難，我從沒告訴過我的好朋友，關於我的家庭，甚至關於我自己的事。就算是對爸媽也沒能說出口。所以我知道要坦白一切有多困難，所以我很感激她。

我將昨晚聽到幼稚園時期發生的事告訴了素曇，她說後來她們也有聊到這件事，還以為那是我小時候太頑皮。她也同意小小年紀受到太大的打擊，可能會因此失去記憶，也為小時候的我感到心疼。

我之所以總是畏畏縮縮，也是因為小時候的經歷嗎？即使不記得，小時候的精神創傷還會深深留在心底嗎？難道是因為這樣，我至今才無法輕易向人敞開心扉嗎？素曇表示她同意也理解我的看法。

這麼說來……。是從我發現自己能看見屍體時開始的嗎？還是在我覺得自己的能力能幫助他人開始的？原先蜷縮在角落的我，像是伸了個懶腰，慢慢地站起身。打從我救了素曇，下定決心要幫助閔組長那一刻起，我正一步步地走向這個世界。在知道自己能看見屍體後，我的生活也就此改變。

吃飽喝足，我久違地坐在沙發上舒服地看電視，不知不覺間睡著了。突然響起的電話鈴聲驚醒了我，我猶豫著該不該接電話，轉頭看向素曇，她也一臉驚訝，瞪著圓滾滾的雙眼看著我。

電話鈴聲響了幾聲便停止，之後也沒再響起。然而，這時候從主臥室傳來手機的鈴聲，我走進主臥室查看，發現是爸媽店裡的號碼。

老媽說現在才有空打給我們，問中午有沒有吃飯，今天是不是都會待在家裡，素曇過得好不好。真是的，不是應該等我回答了上一題，再問下一題嘛。老媽不給我回答的時間，大氣也不喘一下地問個不停。話雖如此，我因為感受到老媽的愛而心裡暖呼呼地，不禁笑了出來。

「兒子，你幹嘛光笑不回答？在幹嘛？」

「妳又不想聽我回答，一直問個不停啊。」

老媽這時才察覺，豪爽大笑。我們母子就這樣結束了通話。

素曇看電視看得正開心，我看了看時鐘，已經三點多了。我和素曇都還不餓，於是我們並肩坐在沙發上看電視。電視上播著聖地牙哥朝聖之路的紀錄片。

素曇說在死之前一定要走一趟朝聖之路，如此說著的她看起來神采奕奕，我也想成為她走在朝聖之路上的夥伴。我告訴她，無論她何時要去，我也想同行。素曇笑著要我遵守約定。

紀錄片播完了，素曇拿起遙控器轉台，看看有什麼不錯的節目時，突然大吃一驚急急忙忙地叫我：

「始甫哥！你有看到嗎？」

「怎麼了？看到什麼？」

「沒看到嗎？剛才播完了，會重播嗎？等等，我轉其他新聞頻道看看。」

「妳怎麼了？新聞報導了什麼嗎？」

「等等，可惡，好像都播過了。剛才別台也錯過了。我們等看看新聞報導，說不定會再重播。」

「到底是什麼？」

「我只有稍微看到，好像是閔組長的新聞。」

「組長的新聞？」

「對，一下子就錯過了……。啊！上網搜尋吧，應該能找到。」

「嗯，等等，我用手機搜尋看看。」

我慌張地拿出手機，但想不到要輸入什麼來找，一時停頓。

「還沒找到嗎？」

「等一下，我不知道關鍵字要用什麼。用組長的名字好了。好像還沒出現在搜索引擎上。」

「怎麼回事？是我看錯了嗎……？以防萬一，繼續找找看吧。」

我查了入口網站的重要新聞，但沒看見與閔組長有關的內容。如果素曇沒看錯，大概是新聞快報。儘管不知道出了什麼事，但新聞中出現與閔組長，一方面感到神奇，另一方面也感到擔心。

我該打電話告訴閔組長嗎？先確認過詳細內容再聯絡他比較好吧……？我轉遍各大電視台，想看有哪一台會重播相關新聞。

就在這時手機響起，是金範鎮刑警的手機號碼。該接，還是裝作沒聽見呢？素曇靠過來看了看手機，搖頭示意我別接，這時鈴聲也剛好斷掉。但是過沒多久，下一通又馬上打來。果然還是金刑警。

素曇抓住我的手腕阻止我接電話。她的想法清清楚楚地寫在臉上，但如果繼續不接，會被懷疑是作賊心虛。我輕輕地移開她的手，按下通話鍵。

「喔！始甫，你終於接了啊。是我，金刑警。」

「對，我知道，有什麼事嗎？」

「你現在在哪裡？」

「啊？怎麼了嗎？」

「你有看到新聞嗎？」

「什麼新聞？」

「原來還沒看到啊，剛才有一則快報。」

「快報？是什麼？」

「閔宇直刑警被轉為公開通緝了。」

「什麼？公開通緝？」

我和素曇驚訝對望。

「對。新聞上說他被列為殺人案的嫌犯，正遭到通緝。話說回來，閔刑警沒和你聯絡嗎？」

「喔……沒有。你為什麼覺得閔刑警會聯絡我……？」

「閔刑警能去的地方我們都找過了，他就像人間蒸發一樣，連個影子都找不到。我實在走投無路，才想碰碰運氣來問你有沒有他的消息。」

「喔，這樣啊。沒有，他沒聯絡我，我可以掛了嗎？」

「什麼？先別掛，始甫！你在急什麼？你現在在哪？考試院嗎？」

「嗯？喔……對。」

「是嗎？如果你在考試院的話，方便見個面嗎？我在樓下。」

「什麼？啊，原來你在考試院樓下，哈哈……。其實我不在考試院，我在朋友家。」

「啊？朋友家？在哪裡？」

「為什麼要問這個？我之後再去找你吧。如果閔組長有聯絡我的話，我會馬上告訴你，那我先掛電話了……。」

「不！等等！」

金刑警慌張地叫住正要掛電話的我。

「你為什麼一直不讓我掛電話？」

「始甫，你想清楚，藏匿殺人犯是窩藏罪，是重罪。不要被牽扯進去了。我是為你好才這樣說。」

「為什麼要對我說這些……？」

「哎呦，我是怕你太善良被閔刑警騙了……。不，不對，我是怕你被威脅才不敢報警，還有……。」

「沒這回事，如果他聯絡我，我會報警的，不用擔心。」

「好好好。還有，你還沒見到姜素曇嗎？我有請你跟她見到面時轉達要她聯絡我。」

「喔……。對啊，但我還沒遇到她。」

「是嗎？那見到她的時候，你也告訴她殺害她父親的凶手是閔刑警。這件事你知道吧？」

「什麼？不……為什麼要告訴我這種事……？」

「幹嘛？我們都這麼熟了，你還要裝傻嗎？別忘了，我是重案組刑警。始甫，你最好趁我還會好言相勸的時候幫我一把。」

「好，我……我會幫你的。我知道了。」

「始甫，一定要告訴素曇，還有看見閔刑警就馬上報警。這也是為了你自己和父母著想，知道嗎？」

「什麼？」

嘟、嘟、嘟。

金刑警拋出最後一句像是威脅的話後直接掛斷。金刑警知道我和閔刑警在一起嗎？也知道我和素曇在一起嗎？該不會跟蹤我到家裡來了吧……。不，好像還沒有。

我必須儘快將這件事告訴閔組長。我再次拿起手機，素曇皺眉靜默地看著我。她在一旁聽見對話，似乎受到了驚嚇，我快速詳盡地轉述剛才的通話內容，讓她放心。

金刑警可能很快就會過來這裡，有可能正在追蹤我的位置。我將家裡的電視和所有燈都關了，製造出家裡沒人的假象，這才打給閔組長。然而，閔組長沒接。他在忙什麼？會不會已經被抓了？我焦急地重撥，他還是沒接。

天色漸暗，說話聲會不會傳到外面？我們小心翼翼，無法放心說話，懼怕的心情和客廳陰森森的氣氛一樣濃厚。

這時，我們被大門傳來的開門聲嚇了一跳，看了看時鐘，不知不覺到了老爸老媽回家的時間。我們鬆了口氣，喜悅地走向玄關迎接。然而，當我站到玄關門前時，突然想到進門的有可能不是爸媽。

我拉著素曇的手轉身，打算退回屋內的瞬間，玄關門傳來一聲巨響並打開來。吃驚的我下意識回頭一看。從打開的玄關門進來一個黑色的物體，緊靠在我身旁的素曇高聲尖叫，緊緊抱住我。我被素曇的叫聲嚇到也叫出聲。像是被我們嚇到，玄關門砰地一聲關上，那個黑色的物體也消失了。受到驚嚇的素曇和我立刻躲回屋內。

砰！

我將素曇藏到衣櫃後方，在房裡慌張地尋找能當武器的東西。這時聽到有人喊著我的名字，急躁地打開玄關門進入屋內。

「始甫！怎麼回事？始甫！你在哪？」

是老媽的聲音，我一臉茫然看向屋外。

「媽？是妳嗎？呼……。素曇，沒事了，可以出來了。」

「始甫，你幹嘛慘叫？發生什麼事？」

「媽，我要被妳嚇死了！那個黑色的東西是什麼？門口突然出現黑黑的東西，害我嚇了一大跳。」

老爸跟著進屋，撿起掉在地上的袋子說道：

「喔，你是說這個黑色的袋子嗎？因為兩手都拿滿東西，我也沒辦法。但是你也太誇張了吧，有這麼可怕嗎？」

「你還不是一樣嚇到又把門關上，呵呵。」

「突然聽到有人慘叫，我也嚇了好大一跳……。哈哈哈。」

「媽！爸！我真的會被你們嚇死。素曇，妳嚇壞了吧？」

老媽走到素曇身邊，拉著她的手說：

「哎呦，看來真的嚇到了，沒事吧？」

「素曇，抱歉，我不是故意的。」

「別這麼說，我沒事。」

我這才放鬆心情，長嘆一口氣後問：

「爸，你拿的是什麼？」

「喔，這個啊，你媽說有客人來家裡，我們都沒有好好招待，所以準備了牛肉、豬肉、水果……。你看這些，都可以擺流水席了，哈哈。」

「又不是什麼了不起的東西。素曇，妳等等，我做好吃的給妳吃。」

「不過，始甫，發生什麼事嗎？為什麼燈都關著？」

「沒有，沒事……。」

「難道……是我們太早回來了？」

我驚訝地看著老爸，慌張揮手：

「你說什麼啦？才不是！你們早點回來真是太好了。」

「沒錯，伯父，幸好你們回來得早。」

「哎呦，真是的。素曇，妳坐這裡休息，我馬上去煮飯。」

「不，我也一起幫忙吧。」

「不用，沒關係。妳休息吧，我來做給妳吃，好嗎？」

「喔……。好的，謝謝伯母。」

「媽，這是什麼？」

「兒子，你不要碰，我會處理。那個閔刑警……啊！是宇直先生還沒回來嗎？」

「嗯，還沒……。還有，妳就隨便稱呼吧，爸也知道了。」

「你爸知道？那個死鬼竟然不告訴我……。」

「妳還不是沒告訴爸？」

「對耶，呵呵。你打電話問一下宇直先生什麼時候回來，等他一起吃晚餐。」

我再次聯絡閔組長，還是沒接，手機能打通代表不是沒電。該不會是發生什麼事吧？難不成他又弄丟了手機？

後來我又打了好幾次，閔組長始終未接，我一方面擔心失去消息的閔組長，一方面也有點生氣。

坐在滿桌豐盛的飯菜前，我吃了幾口又看了看時間，就要九點了，也許九點新聞會出現閔組長相關的報導。這時老爸像是也在等待消息般，拿起遙控器打開新聞台。

安靜的晚餐時間，新聞的播報顯得特別大聲。要是真出現了閔組長的相關新聞，老爸老媽會有何反應，就在我苦惱著該怎麼向他們解釋的時候。

「為您播報下一則新聞。警方正在全面追緝鷺梁津命案的嫌犯閔宇直刑警，但至今仍無特別進展。」

「那個……那個人不是閔刑警嗎？」

「啊，爸，那個……其實我……」

「什麼事？老公，這是怎麼……。天啊，真的是宇直先生。」

「現在看到的是命案嫌犯閔宇直近日被監視器拍下的畫面。下一張照片是嫌犯閔宇直的長相及衣著打扮，還有他變裝後可能的模樣。目前為止，警方還無法掌握嫌犯行蹤，據說嫌犯閔宇直是一名資深刑警，也因此讓追捕行動更加困難。此外，根據警方相關人士表示，嫌犯很有可能還涉及另一起命案。」

「媽，不是那樣的。爸！你看看我。不是那樣的。新聞說的不是事實，對吧，素曇？」

「你安靜，讓我看下去。」

「現在把畫面交給目前人在首爾地方警察廳的李素拉記者。李素拉記者？」

「是的，我是李素拉。現在記者位於首爾地方警察廳前，目前命案嫌犯閔宇直的調查已全面轉為公開通緝，由於至今尚未掌握到嫌犯的行蹤，有不少指責聲浪表示警方辦事不力，未及早公開通緝。對此，首爾地方警察廳廣域搜查隊組長有以下回應。」

「在通緝李某命案嫌犯閔宇直的過程中，我們警方另外確認了他涉嫌犯下其他兩起命案。我們擔心嫌犯會繼續犯下罪行，不得不轉為公開通緝。看見嫌犯或知道嫌犯行蹤的市民，請儘速撥打112報案。同為警察，對於警察內部發生如此不光彩的事情，我在此向全國人民致上最深的歉意。警方會盡最大努力，早日追捕嫌犯落網，也請各位國民協助調查，謝謝。」

「等等，那個人……」

「兒子，安靜。」

「他叫什麼名字？剛才接受採訪的人。」

「始甫哥，怎麼了嗎？字幕寫著他是廣域搜查隊的蔡非盧組長。」

「蔡非盧組長嗎？」

老爸提高嗓門，語氣滿是擔憂：

「始甫！真的沒問題嗎？閔刑警那個人……是殺人犯……。而且是殺死好幾個人的殺人犯耶。」

「是啊，始甫，媽媽也很擔心，我們真的能相信宇直先生嗎？要是他對我們做出什麼……。現在報警應該還不晚……。」

「媽，抱歉，但請相信我。真的不是他做的。你們絕對不要報警！好嗎？」

「始甫哥，我覺得伯母說的沒錯。現在還不遲，只要報警說出事實就沒問題了。我們現在也沒有什麼能做的。」

「可是……」

「就算你相信閔刑警，但這件事會對你們造成危險。你幫閔組長到這裡，已經是仁至義盡。」

「是啊，始甫。就像素曇說的，現在你們也幫不上忙，不是嗎？所以說……」

爸媽和素曇輪流說服我，錯雜的心情引來了陣陣頭痛。

「媽，爸，素曇，我明白你們的意思。但我看到了，我清楚看見和命案有關的人，也許那個人就是凶手。雖然我不敢確定事情不是閔組長做的，但我知道還有其他人和命案有關。」

「始甫，雖然我聽不懂你在說什麼，但如果你知道有誰涉案，應該要報警才對。要是對方是真正的凶手，就更應該報警。」

「你爸說的對，聽他的話，兒子。」

「爸，媽，再給我一點時間。一個禮拜……不，再幾天就能確定了，至少再等我幾天。」

「你有什麼打算？你能幫得上什麼忙？」

「就是說啊，我擔心你會因此受到傷害。不只你，素曇一個漂漂亮亮的女孩子家，搞不好也會因此有危險。」

素曇原本緊閉雙唇，靜靜看著陷入兩難的我，接著她像是下定決心般開口說道：

「伯母，我沒關係。始甫哥會這樣決定，一定有他的原因。請你們也相信他，等一下好嗎？我也沒把握這樣做對不對，但我會陪在始甫哥身邊幫他的。」

「素曇……。」

「素曇啊，妳別這樣說。妳也別再和這件事有牽扯了吧，雖然他是我兒子，但我也不能眼睜睜地看著連妳也遇到危險。難道不是嗎？兒子！」

「是啊，素曇妳留下來跟我們在一起。始甫他自己會看著辦，我不能讓妳也受到牽連。」

「不，我要和始甫哥一起……」

「他們說的沒錯。素曇，妳和我爸媽留在這裡吧，這樣我才能放心，拜託。」

「不……。這次的事和我也有關……。」

「什麼意思？」

「素曇，不用說出來沒關係。」

「沒關係，始甫哥，我想跟伯父伯母說。其實，我爸也是被閔組長……。不，是被嫁禍閔組長的犯人殺死的。」

「天啊！」

「素雲……妳竟然發生了這種事？」

雖然我用眼神示意素雲不用說下去，素雲卻露出淡淡的微笑，繼續說道：

「我沒事。因為這樣，我不能坐在這裡乾等。」

「素雲，我明白妳的意思，但是妳去世的父親在天之靈，會想看著自己的寶貝女兒遇到危險嗎？所以啊……」

「是啊，沒錯，素雲，事情交給我兒子和宇直先生吧，好嗎？唉……妳一定很傷心……。」

「伯母……。」

素雲低下頭，彷彿眼淚就要奪眶而出。

第11話
原形畢露

「始甫，你接下來有什麼打算？聯絡不上閔刑警，還要繼續等他嗎？」

「還是得等一下，他一定有什麼苦衷，我相信他會回來的。請相信我吧，爸。」

「呼，好吧，知道了。你不會馬上回首爾，對吧？」

「對，我會先看一下情況。」

「你還有別的對策嗎？」

「沒有，媽……，我也還不知道該怎麼辦。警察也可能會找上門，我們是不是該套好說法？」

「你想要怎麼做？」

「就說閔組長沒來過這裡，警察如果想進屋搜，就說沒有搜查令不能進入民宅。要是他們帶了搜查令的話……也只能讓他們進來了，哈哈。」

「夠了喔你，這是哪門子的方法？你真是……」

「我還能有什麼好辦法？就只是大家一起討論看看啊，老爸你……。」

「老公！不要每次都急著抓兒子毛病，他又不是警察，哪懂得那麼多。你真差勁。」

「不是啊……。是他自己講得好像有什麼妙計，結果只說出這種……。」

媽媽再也看不下去，插嘴道：

「別說了。兒子啊，我在想，警察不是來過我們店裡嗎？我想他們馬上會找來家裡，我跟你爸什麼都不知道，他們不會對我們怎麼樣……。但問題在於你。」

「始甫怎麼了？」

「警察就是因為懷疑始甫和宇直先生在一起，所以才會找到這裡來，否則不會平白無故到我們店裡。始甫，他們說不定會強行帶你走，你留在這裡沒關係嗎？」

我想了想，答道：

「這麼說也有道理，我不能在這裡久留，明天……不，只要聯絡上閔組長，我可能今天就得躲到別的地方。一聯絡上閔組長，我就會馬上離開，好嗎？」

「是嗎？那你去全羅道長興怎樣？那是爺爺的故鄉，有幾位親戚住在那，聯絡他們的話，收留你一個不成問題。」

「全羅道長興嗎？太遠了。我還得要想辦法破案，如果去了長興，就只能躲著什麼事都做不了。」

「啊，老公！你首爾不是有朋友嗎？完久啊，能不能拜託完久收留一下兒子？」

「對耶，完久！那傢伙住在千戶洞，我去拜託他看看，怎麼樣？」

「別聯絡了，現在還不知道事情會變成怎樣，拜託別聯絡別人。」

「好吧，知道了。反正有需要就跟我說。」

「哎呀！已經這麼晚了，該洗個澡準備休息了。素曇，妳進房睡覺吧，我洗完碗就進去。」

「不用了，我來洗吧。」

老爸聽見老媽和素曇的對話，像是提出解決方法一樣說道：

「兒子，洗碗交給你，你媽今天也累了。」

「好，我來洗吧。媽妳先去洗澡。」

「是嗎？那就交給你啦。有兒子幫我洗碗真好！」

「有這麼開心嗎？」

「當然開心囉。老公，謝啦，呵呵。」

「伯父很懂耶，呵呵。」

「是嗎？哈哈哈。」

「搞什麼啊，就只會指使我。」

他們三個一搭一唱，默契十足，活像我這個親生兒子才是外人。

「那就麻煩兒子了。我們進去吧，素曇。」

「好的。」

「今天要跟妳聊什麼呢？要不要聽我兒子高中的事情？」

「媽，不要掀我的底。」

「女人聊天，男人少插嘴！把碗洗乾淨！」

「是！」

即使事情演變得非常嚴重，幸好爸媽仍願意相信、體諒我。

閔組長究竟發生了什麼事？是不是因為現在轉為公開通緝，所以必須躲得更隱密呢？總不會是想不開吧……。

洗完碗回到客廳，老爸累得開著電視在打瞌睡，我輕手輕腳地走進浴室，洗完澡出來看他還坐在那裡。我想再打通電話給閔組長，拿著手機正要回房時。

「兒子！來聊一下。」

「嚇我一跳，爸，你不是睡著了嗎？」

「我哪有？」

我走到老爸面前：

「要聊什麼？」

「始甫，剛才我是先放過你沒繼續追問。不過你到底看見了什麼？知道什麼證據嗎？」

「這個很難解釋……。而且我覺得爸你不知道比較好。」

「為什麼？我不能知道嗎？你怕我報警？」

「吼呦，我不是這個意思……。我知道了，就告訴你吧。我剛才也說了，雖然還不確定，但我看到了一個可能是凶手的人，最起碼那個人和這起命案有關係。因為我可以看……。」

「你可以看什麼？怎麼話只說一半？」

「沒事，我現在知道我看到的那個人是誰了。」

「是嗎？你現在才知道的話……。是剛才新聞報導裡出現的那個人嗎？那個……廣……什麼的搜查隊組長？」

「對，那個叫蔡非盧的組長肯定和這次命案有關。」

「所以他有可能是真凶嗎？可是那個組長不是負責調查這次的命案嗎？你有親眼看見他殺人嗎？」

「不是的，我還不確定他是不是真凶，只是直覺告訴我……。對，我的直覺是這樣……。」

「直覺？你又不是警察。就算你是警察，用直覺指證犯人誰會信？你不是說你沒有親眼見到嗎？」

「沒錯，警察不會相信的，尤其是現在的廣域搜查隊更不可能相信。但是，閔組長會相信我。這會成為這起命案的重要線索。」

老爸反覆思索我說的話，露出了茫然的表情：

「我真的聽不懂你在說什麼？始甫，我不會阻止你幫助閔刑警，但你要盡量躲在幕後，把你知道的告訴他就好，不要親自出面。拜託你聽我的話，知道嗎？算爸爸求你了。」

「可是……。好，我不會親自出面的，我會把我知道的狀況告訴閔組長，這也是我應該做的事。不用擔心，爸，謝了。」

「謝什麼？這是當然的。子女有危險，天底下有哪對父母會不擔心。等你以後當父母就知道了。」

「好，我知道了。別擔心，你進去睡吧，明天還要開店。」

「是啊，該睡了。也不知道事情能不能解決，你也快進房睡覺。」

「我打個電話就去。」

「好，那我先去睡了。」

到最後我還是說不出口，無法告訴老爸我看見了屍體。總有一天我會說的，但不是現在。目前來說，不知情對大家都好。

我一眼就認出了新聞畫面裡的蔡非盧組長。他是李延佑警衛眼睛裡的殘影，也是閔組長屍體眼睛裡出現的人。閔組長屍體眼睛中的臉沒有痣，可能是因為他站在側邊所以看不到，再加上戴著眼鏡，我當時才誤以為是別人。然而，我在新聞上看見蔡組長的瞬間，屍體眼中看見的那張臉，以及在警局外斑馬線上擦身而過的那張臉，像閃電般在我腦裡猛然浮現，就像找到了最後一塊拼圖碎片，一切都變得清晰可見。

李延佑警衛和閔組長的死都與蔡組長有關嗎？也許李真成屍體旁的墨鏡碎片映出的人也是他，或是與他有關？蔡組長殺死李延佑警衛後，又對知道真相的閔組長痛下殺手嗎？甚至還對我下手？蔡非盧組長真的是真凶嗎？

這麼說來……。我的屍體的眼睛裡有沒有出現誰呢？我還沒能確認。是啊，雖然很難受，但還是得確認一下。因為這也許是揭露真凶身分的線索。

我究竟為什麼會看見這些東西呢？這些單純只是我能看見的幻影嗎？又為什麼只有我能看見呢？是來自靈魂迫切的求救訊號嗎？

事態急迫，卻一直聯絡不上閔組長。我再次撥出電話，鈴聲持續響著，卻一樣遲遲無人接聽。我深深地嘆氣，正想掛斷電話。

「始甫？」

「喔！組長，你現在在哪裡？」

「抱歉，我應該先聯絡你的。」

「發生了什麼事嗎？現在究竟是什麼狀況？」

「詳細情形以後再告訴你……。我回頭再聯絡你。」

「不，你現在在哪裡？」

「始甫，謝謝你相信我……還幫助我，我不會忘記的。但是現在……」

「說這些幹嘛？你要放棄了嗎？組長，你在哪裡？」

「一切都結束了。嗝呃！實在是太……太累了。」

「組長，你怎麼了？到底發生了什麼事？」

「對不起，明天……不了……」

「等等，組長。你沒有想不開吧？絕對不行！組長，等等！不要掛斷！等一下！」

閔組長好像喝醉了，打著嗝胡言亂語。為了說服閔組長，我不自覺地漸漸提高嗓門，連鞋都來不及穿好就衝出門。

「組長，你絕對不能想不開。絕對不行！組長，你那樣做的話我該怎麼辦？還有素曇的爸爸呢？」

「始甫……對不起，嗝！」

「不要光嘴上道歉，你是因為我爸媽才這樣的嗎？不要誤會，我爸媽也相信你，你可以回我家，有聽到嗎？絕對不要放棄。你不是說會救我嗎？你答應過會想辦法救我，不是嗎？你要是就這樣放棄，那我該怎麼辦？你不是說過會抓到殺死素曇父親的真凶嗎？」

「……始甫。」

「不可以做傻事！你現在在哪裡？我過去找你。」

「對不起，可是沒有……嗝！辦法了。全～天下的人……都認為我是犯人，甚至我的家人也……。我受不了了，我冤枉得快要發瘋了……嗝！我再也撐不下去了……。」

「組長，你是不是喝酒了？你醉了吧？」

「是啊，我喝了，喝了很多，嗝！我以為能借酒澆愁……嗝！抱歉啊，抱歉……。」

「組長！拜託不要胡思亂想。千萬不要放棄。你不能……不能去自首，絕對不行。和我見個面再說吧。我們聊完以後，你再自己決定要不要放棄，先和我見個面吧，好嗎？」

「……。」

「組長！我知道誰是犯……」

「人……該死。」

嘟、嘟、嘟。

是因為公開通緝嗎？所有人都認為他是犯人，讓他很痛苦嗎？他有這麼脆弱嗎？不，不只這個原因，一定還有我不知道的事。到底是為什麼？

「難道……。」

該不會閔組長真的是殺人犯吧？如果是過失殺人呢？他是不是想去自首？就這樣放棄一切去投案？那就代表他一直以來都在騙我……。不過，不應該是這樣才對，否則我在鷺梁津站看見屍體的事就會變得前後矛盾。

可是萬一情況變了呢？如果中間出現了變數，未來不再是如我所見，而是發展出另一個新的局面呢？那我是不是該先去鷺梁津站確認閔組長的屍體？思緒如浪潮般湧來，我不斷搓著臉苦思。

〈下集待續〉

國家圖書館出版品預行編目（CIP）資料

看見屍體的男人. I, 起源/空閑K著；黃莞婷譯.
-- 初版. -- 臺北市：臺灣東販股份有限公司,
2023.08
上冊；14.8×21公分
譯自：시체를 보는 사나이. 1부, 더 비기닝
ISBN 978-626-329-924-5（上冊：平裝）

862.57 112010035

看見屍體的男人 I
起源（上）

2023年8月1日初版第一刷發行

作　　者　空閑K
譯　　者　黃莞婷
編　　輯　曾羽辰
美術設計　黃瀞瑢
發 行 人　若森稔雄
發 行 所　台灣東販股份有限公司
<地址>台北市南京東路4段130號2F-1
<電話>(02) 2577-8878
<傳真>(02) 2577-8896
<網址>http://www.tohan.com.tw
郵撥帳號　1405049-4
法律顧問　蕭雄淋律師
總 經 銷　聯合發行股份有限公司
<電話>(02) 2917-8022